KB114457

덤비지 마!

FUSION FANTASTIC STORY

무람 장편 소설

덤비지 마! 5

무람 장편 소설

초판 1쇄 찍은 날 § 2014년 3월 27일
초판 1쇄 펴낸 날 § 2014년 4월 3일

지은이 § 무람
펴낸이 § 서경석

편집부장 § 권태완
편집 § 박은정 · 정수경 · 이효남 · 박가연

펴낸곳 § 도서출판 청어람
등록번호 § 제387-1999-000006호
등록일자 § 1999. 5. 31
어람번호 § 제1-1799호

주소 § 경기도 부천시 원미구 심곡2동 163-2 서경B/D 3F (우) 420-822
전화 § 032-656-4452 팩스 § 032-656-4453
http://www.chungeoram.com
E-mail § chungeorambook@daum.net

ⓒ 무람, 2013

ISBN 979-11-5681-907-3 04810
ISBN 978-89-251-3627-1 (세트)

※ 파본은 구입하신 서점에서 교환하여 드립니다.
※ 저자와 협의하여 인지를 붙이지 않습니다.
※ 이 책은 도서출판 청어람과 저작자의 계약에 의해 출판된 것이므로,
　무단 전재 및 유포 · 공유를 금합니다.

CONTENTS

제1장 칩을 제거하고 수하를 얻다

상수는 남자의 몸을 검사를 하고는 어디에 칩이 있는지를 확인하게 되었다.

　물론 수술을 해야 하겠지만 이미 위치를 알고 있으니 수술도 어려운 일은 아니었다.

　상수가 남자를 보며 의미심장한 미소를 지었다.

　"몸에 이상한 물건을 가지고 다니는데… 나는 그 물건이 있는 위치를 알고 있어서 언제든지 제거를 해줄 수가 있는데 말이야."

　"……!"

상수의 말에 남자는 깜짝 놀라는 얼굴을 하고 말았다.

남자도 자신의 몸에 있는 칩의 존재를 알고 있었다.

칩을 제거하기 위해 많은 시간을 들였지만 아직도 칩의 위치도 찾지 못하고 있는 형편이었다.

그런데 상대는 이미 몸에 칩이 어디에 있는지를 알고 있다.

더욱이 제거까지 할 수 있다고 하니 남자가 놀라지 않을 수가 없었다.

상수는 그런 남자를 향해 신비한 미소를 지으며 카일에게 지시를 내리고 있었다.

"여기 안가에도 전파 방해기가 있으면 지금부터 작동을 시키세요. 놈들은 우리가 있는 위치를 역으로 추적하고 있을지도 모르니 말입니다."

카일은 상수가 하는 말을 듣고는 기겁을 하고 말았다.

안가는 사우디 왕국에서 상당한 자금을 들여 구입을 한 곳이라 여기를 떠날 수가 없었기 때문이다.

또한 이곳 전체를 구입했다.

때문에 함부로 발각이 되어서는 안 되는 장소이기도 했다.

"알겠습니다. 국장님."

카일은 그렇게 대답을 하고는 바로 나갔다.

상수는 카일이 나가는 것을 보고는 다시 남자를 보았다.

"내가 당신의 몸에 있는 칩을 제거해 주면 무엇을 줄 수 있나요?"

상수의 질문에 남자는 깜짝 놀란 얼굴을 하며 상수를 보았다.

자신은 다크 세븐의 간부이기도 했지만 동시에 몸 안에 있는 칩을 제거하기 위해 노력을 하고 있던 차였다.

"치… 칩이 어디에 있는지 아시오?"

남자는 상수에게 하는 말투가 변해 있었다.

사실 남자는 다크 세븐이 있으면서도 마음은 항상 불편했었다. 그 이유는 저들이 하는 짓이 남자의 마음에 들지 않았기 때문이었다.

그래서 기회가 되면 언제든지 나갈 수 있게 몸에 있는 칩을 제거하려고 했던 것이다.

하지만 최첨단 시설을 갖춘 병원에서 검사를 하여도 칩이 있는 위치를 찾을 수가 없었다.

그래서 지금은 반쯤 포기한 상태였다.

어쩌면 칩이 있다는 이야기 자체가 거짓말일지도 모른다는 생각까지 할 정도였다.

하지만 칩이 있다는 건 사실이었다.

이 남자는 그간 일부러 아무도 찾을 수 없는 곳에 숨어보기도 했지만 조직에는 정말 정확하게 삼 일만에 자신을 찾았던 것이다.

그 후로는 칩에 대한 생각을 포기하고 조직의 일에만 신경을 쓰고 있었던 터였다.

그런데 그런 칩을 제거해 주겠다고 하니 놀라지 않을 수가 없었다.

"내가 칩의 위치를 모르고 어떻게 제거를 해주겠다는 말을 할 수가 있습니까? 나는 당신의 몸에 있는 칩을 정확하게 알고 있고 그 칩을 제거할 수도 있습니다. 그러니 결정은 당신이 하는 겁니다."

"흠……."

상수의 말에 남자는 고민이 되었다.

비록 자신이 다크 세븐이 하는 일이 마음에 들지 않기는 하지만 그렇다고 상수를 따른다고 해서 달라질 것은 없다는 생각이 들어서였다.

"제가 다크 세븐을 따르는 것과 당신을 따르는 것이 무엇이 다릅니까? 결국은 같은 일을 하지 않습니까?"

"다릅니다! 나를 따르게 되면 하는 일은 비슷할지 몰라도 우리에게는 명분이 있지요. 저들은 범죄 단체이지만 우리는 그런 단체와는 다르니 말입니다. 아까도 말을 했지만 선택은 항상 본인이 하는 겁니다. 무슨 일이든지 말입니다."

“…….”

상수는 남자를 몰아붙이지 않았다. 남자가 충분히 생각할 수 있도록 배려를 했다.

“당신이 올바른 결정을 할 수 있게 시간을 드리겠습니다. 그 앞에 있는 탁자에는 벨이 있습니다. 당신이 벨을 누르면 나의 말을 따르는 것이라 생각하겠습니다. 만약 따르지 않겠다면 누르지 않아도 됩니다. 앞으로 정확하게 두 시간의 여유를 드리지요.”

상수는 그렇게 말을 하고는 문을 열고 나갔다.

남자는 혼자 남아 많은 생각을 하게 되었다.

자신은 그동안 몸속의 칩 때문에 하기 싫은 일들을 억지로 한 적이 많았다.

상수의 말대로 자신은 범죄 단체에 속해 있는 범죄인이었고 상수는 그런 범죄인을 잡기 위해 움직이는 경찰이라는 생각이 들어서였다.

남자가 그렇게 생각에 빠져 있을 때 상수는 카일과 요원들을 만나고 있었다.

“대부분이 오늘 나를 처음 만나게 되는군요. 그동안 일이 있어 여러분과 인사를 하지 못했지만 이제는 달라질 겁니다. 이번 사건으로 인해 사망자가 발생하였으나 앞으로는 절대 그런 피해가 생겨서는 안 됩니다. 여러분은 범죄단체를 잡으러 왔지 죽기 위해 여기로 온 것은 아니기 때문입니다. 무슨 말인지 아겠습니까?"

"예, 국장님."

"명심하겠습니다, 국장님."

사실 이곳에 있는 요원들은 본국에서 파견 명령을 받았을 때만 해도 좌절에 빠져 있었다.

하나같이 자신들은 버려지는 패라는 생각을 하고 있었던 것이다.

왕자의 사건을 모르는 요원들은 아무도 없었고 그런 왕자가 놈들을 잡기 위해 자신들의 희생을 요구하고 있다는 생각을 강하게 하고 있었던 것이다.

그런데 상수가 하는 말을 들으니 그런 것은 아니라고 보였다.

그리고 버리는 패도 아니었고 말이다.

오히려 잘만하면 이거는 큰 기회가 될 수도 있다는 생각이 드는 요원도 있었다.

"그리고 이곳에 있는 동안 부족한 것이 있으면 언제든지 보고하도록 하세요. 웬만한 것은 바로 지원을 할 생각이니 말입니다. 본국에서도 지원을 적극해 주기로 약속을 하였으니 불편하지 않도록 부족하면 언제든지 이야기를 하면 됩니다."

"예, 국장님."

요원들은 상수의 말을 들으면서 이번이 확실하게 자신들에게는 기회가 된다는 생각을 가지게 되었다.

상수는 요원들의 얼굴이 환해지는 것을 보고는 카일을 보며 물었다.

"카일, 지금 놈들에 대한 정보는 어떻게 되었나요?"

"정보원들에 대한 정보는 더 이상 없었습니다. 인터넷으로 정보를 전하는 놈들을 추적하였는데 대부분이 공개적인 장소를 사용하고 있어서 잡을 수가 없었습니다."

"하기는 그렇게 해야 추적을 피할 수가 있으니 놈들도 머리가 있으면 그렇게 하겠지요. 하지만 공개적인 장소라고 해도 계속해서 사용을 하고 있다면 추적이 가능하지 않나요?"

상수의 말에 카일은 눈빛이 빛나기 시작했다.

사실 여러 곳 중, 두 군데의 장소가 세 번이나 중복 사용을 하였던 곳이라 지금도 조사를 하고 있는 중이었기 때문이다.

"예, 이미 조사를 하고 있는 중입니다. 그날 인터넷을 사용한 인물들을 대상으로 조사를 하고 있으니 조만간에 놈들이 누구인지를 알아낼 수가 있을 겁니다."

상수는 카일이 제법 능력이 있는 사람이라는 생각이 들

었다.

요원들은 머리가 나쁘면 절대 뽑아주지를 않았기에 이들은 나름 엘리트라고 해도 되는 인재들이었다.

"이번에 놈들을 찾으면 절대 움직이지 마세요. 이번에도 놈들이 함정을 파고 있을 수도 있으니 말이에요. 일단 정보만 알아내고 나에게 보고를 하세요."

카일은 상수가 직접 움직일 생각을 하고 있다고 판단이 들었다.

자신도 제대로 파악은 못했지만 국장에게는 아주 신비한 힘이 있다고 생각하고 있는 카일이었다.

그래서 상수가 직접 움직인다고 하니 오히려 믿음이 가서 걱정이 되지 않았다.

"알겠습니다, 국장님."

"놈들의 정보를 모으는 일은 요원들이 알아서 하겠지만 정보 때문에 위험한 일이 생기지 않도록 항상 점검을 하고 안전을 최대한 먼저 생각해서 일을 처리하도록 하세요."

"예, 그렇게 조치를 하겠습니다, 국장님."

상수는 간단하지만 가장 필요한 것을 지시하였다.

상수는 가볍게 차를 한잔 마시며 생각을 하고 있었다.

요원들과 카일은 이미 방을 나가 자신들끼리 따로 회의를 하고 있었다.

이번에 자신들의 능력을 보여주려면 확실하게 놈들에 대한 정보를 얻어야 했기 때문이다.

이는 카일과 요원들 모두가 가지는 생각이었다.

따르릉!

그때 벨소리가 울렸다.

"왔군!"

시간이 얼마 지나지 않았지만 상수는 지하에서 벨을 누르는 것을 듣고는 바로 내려가고 있었다.

남자는 아마도 칩 때문에 자신을 따르기로 결정을 한 모양이었다.

지하의 방에 문을 열고 안으로 들어가자 남자는 그런 상수를 보며 아주 정중하게 인사를 했다.

"인사드립니다. 지금은 소속이 없는 와그너라고 합니다."

상수는 남자가 인사를 하는 것을 보면서 이미 마음의 결정을 하였다고 보았다.

"마음의 결정을 하신 것 같아서 다행입니다. 나는 와그너와 같은 인재를 버리고 싶지가 않았는데 다행히 나를 선택해 줘서 고맙습니다."

상수 역시 진심으로 와그너에게 인사를 했다.

"나도 그에 대한 보답으로 몸속에 있는 칩을 제거해 주겠

습니다. 그리고 새로운 신분을 만들어 드리지요. 이제 당신
은 다크 세븐의 조직원이 아닌 다른 신분으로 살게 될 겁니
다. 앞으로는 놈들을 역으로 추적을 하는 일을 하면 됩니
다."

상수의 말에 와그너는 아주 흡족한 얼굴이 되었다.

"감사합니다. 그런데 제가 호칭을 어떻게 해야 하는지
요?"

"그냥 편하게 국장이라고 부르세요. 아직 정식 요원은 아
니지만 그래도 우리와 함께 움직이고 있으니 말입니다."

상수의 대답에 와그너는 만족한 대답이라고 생각이 들었
다.

"알겠습니다, 국장님"

상수는 와그너가 알고 있는 정보가 얼마나 되는지는 모
른다.

하지만 최소한 미국에서는 와그너의 정보가 필요하다고
판단을 하고 있었다.

그리고 아직은 놈들이 와그너가 자신에게 협조를 하는지
를 모르기 때문에 이쪽이 움직이기 편했고 말이다.

상수는 바로 카일을 불렀다.

"카일, 잠시 내려와요."

"예, 국장님."

카일은 상수의 부름에 최대한 빨리 지하로 내려왔다.

문을 열고 안으로 들어가니 남자는 상수와 같이 앉아 있는 것이 보였다.

결국 상수의 밑으로 들어갔다는 것을 쉽사리 알 수가 있었다.

상수는 카일을 보자 입을 열었다.

"카일, 오늘 당장 외과 수술을 할 수 있는 의사를 알아볼 수 있나요?"

"수술이요?"

카일은 갑자기 수술을 할 의사를 데리고 오라고 하니 의문이 들었다.

상수는 카일도 이제는 알아야 한다는 생각에 와그너의 몸속에 놈들이 추적을 하기 위해 칩을 심어 놓았다는 말을 전해 주었다.

카일은 상수의 말을 들으면서 정말 치밀한 놈들이라는 생각을 하게 되었고 말이다.

"정말 놈들은 생각 이상으로 치밀한 조직인 것 같습니다. 국장님."

"그래요, 우리는 그런 조직과 싸우고 있는 것이니 조금만 방심을 해도 엄청난 피해를 입을 수가 있다는 것을 명심하세요. 요원들에게도 이런 사실을 알려주어 모두 경각심을 가지고 움직이게 하세요. 그리고 의사는 어떤가요? 가능한 가요?"

"요원들에게는 따로 이야기를 전하겠습니다. 그리고 의사는 지금 연락을 해보겠습니다. 원래 저희들이 부상을 입었을 경우에 도움을 주기 위한 의사가 있습니다. 바로 연락을 해서 올 수가 있는지를 확인해 보겠습니다."

상수는 도움을 주는 의사가 있다는 소리에 눈빛이 빛났다.

그런 의사가 있으면 앞으로의 일에 많은 도움이 될 것 같아서였다.

"믿을 수 있는 분이겠지요?"

"당연히 믿을 수 있는 사람입니다. 그 점에 대해서는 걱정을 하지 않아도 될 겁니다."

카일이 확신을 가지고 말을 하는 것을 보니 아마도 사우디 왕국과 무슨 관계가 있는 모양이었다.

"그러면 지금 당장 연락을 하여 바로 오시게 하세요. 지금은 시간이 급하니 말입니다. 한 가지 더 수술은 여기서 바로 해야 합니다. 여기는 그래도 방해 전파를 사용하지만 다른 곳은 아니니 말입니다."

카일은 상수의 말을 듣고 무슨 뜻인지를 금방 이해를 했다.

"알겠습니다. 지금 바로 연락을 하겠습니다."

카일은 그렇게 대답을 하고는 바로 나갔다.

카일이 나가고 상수는 와그너를 보았다.

"와그너는 다크 세븐에 대해 얼마나 알고 있나요?"

"제가 알고 있는 것은 미국에 있는 비밀 거점 정도입니다. 다크 세븐은 많은 거점을 활용하고 있지만 하부 조직원에게는 모든 정보를 공개하지 않습니다."

"흠, 생각보다는 조직이 거대한 모양입니다."

상수는 다크 세븐이라는 조직이 정보와 암살도 하지만 그렇게 큰 조직은 아니라고 생각했다.

그러나 가만히 말을 들어보니 자신의 예상과는 달리 생각 이상으로 상당히 거대한 조직이 아닐까 하는 의심이 느껴졌다.

"다크 세븐은 거대한 정도가 아니라 엄청난 조직입니다. 지금 국가가 아닌 단일 조직으로 전 세계에 지부를 가지고 있는 조직은 다크 세븐이 유일하니 말입니다."

"……!"

상수는 와그너의 말을 듣고 솔직히 놀라고 있었다.

전 세계에 지부를 가지고 있을 정도면 엄청난 인원이 조직에 속해 있다는 이야기였기 때문이다.

"아니, 그 많은 인원을 어떻게 통제를 하는 거지요?"

"그래서 저 같은 인물이 필요한 겁니다. 다크 세븐에서는 요."

그러면서 와그너는 자신이 알고 있는 것을 상수에게 처음부터 자세하게 설명을 하기 시작했다.

그리고 지금 미국에 있는 자부는 자신도 모두 알지 못한다고 말을 해주었다.

미국이 너무 커서 한 지부에서 감당을 하지 못하기 때문에 여러 개의 지부로 나누어져 있다는 말이었다.

그리고 그 지부를 총괄하는 자들은 자신과 마찬가지로 칩을 몸에 달고 다닌다는 말이었다.

그렇게 간부들을 통제하여 이들이 각 지부를 책임지고 있는 방식으로 조직을 운영하고 있었다.

몸에 칩을 가지고 있는 이들이 배신을 할 경우에는 바로 암살자를 당사자에게 보내 제거하기 때문에 절대 배신을 하지 못하고 있었다.

잘못하면 본인은 물론이고 가족까지 몰살을 당하는 일이 생길 수도 있었기 때문이다.

한참을 그렇게 이야기를 듣고 있던 상수는 자신의 생각을 수정을 해야 한다는 것을 느꼈다.

다크 세븐의 조직이 이렇게나 광범위하다면 전 세계의 다크 세븐과 상대를 할 수는 없는 일이었다.

그렇다 보니 놈들이 칩을 심어 조정을 하려는 간부들을 해방시키는 것으로 방향을 바꾸면 어떨까 싶었다.

그럼 그 혼란의 와중에 분명 기회가 생길 것이다.

"와그너가 아는 간부 중에 다크 세븐에 있고 싶지 않은 자들도 있나요?"

"대부분이 탈퇴를 하고 싶어 하지만 방법이 없으니 남아 있는 것이지요. 간부들도 사람이고 나이를 먹으면 이런 일을 그만 두고 싶어 합니다. 하지만 저들은 그런 간부들을 절대 그냥 두지를 않습니다."

"흠, 그러면 그런 간부들의 몸에 있는 칩을 제거를 해주는 조건이면 우리에게 협조를 할까요?"

상수의 말에 와그너는 바로 대답을 했다.

"그런 조건에 추가로 가족들의 신병까지 확보한다면 가능할 것 같습니다. 아마도 그렇게 된다면 거의가 협조를 하게 될 겁니다. 그리고 그런 간부들이 사라지면 다크 세븐도 움직이지 못하게 될 것이고 말입니다."

와그너는 유일하게 다크 세븐을 상대할 수 있는 인물이 바로 상수라고 생각이 들었다.

불만이 많은 간부들이 아직까지도 조직에 남아 있는 결정적인 이유가 바로 칩이다.

칩만 제거를 해준다면 간부들이 조직에 남아 있을 이유

가 없었기 때문이다.

그만큼 칩은 간부들에게는 치명적이었기 때문이다.

개인이 여가생활도 없이 조직을 위해 일만 한다고 하면 누가 하려고 하겠는가 말이다.

"흠, 그러면 우선은 저들의 간부들을 먼저 찾아야겠군요."

"미국에 있는 간부들 중에 절반은 제가 찾을 수가 있습니다. 하지만 남아 있는 반은 저도 모르게 조직에서 따로 운영을 하고 있습니다. 이는 나중에 배신을 하는 자가 나올 경우에 피해를 줄이기 위해서입니다."

와그너의 말에 상수도 충분히 이해를 했다.

은밀히 숨어서 움직이는 놈들 치고 뒤가 구리지 않은 놈들이 없었다.

그런 놈들일수록 감추려고 하는 것이 많다는 것을 알고 있었기 때문이었다.

놈들의 간부들을 찾으려면 와그너의 도움이 절대적으로 필요하기 때문이다.

상수는 그런 와그너의 몸에 있는 칩을 제거하여 와그너가 활동을 할 수 있게 해주려고 하고 있었다.

그래야 와그너의 적극적인 협조를 얻을 수가 있었기 때문이다.

상수가 보기에는 와그너는 이미 다크 세븐에 염증을 느끼고 있어 보였고 놈들이 하는 짓이 와그너의 마음이 들지 않아보였기 때문이다.

'저런 인물이라면 그냥 두어도 배신을 하지 않을 것이다. 놈들에게 지금까지 이용만 당했다는 것을 봄으로, 마음으로 알고 있으니 더 이상 놈들과는 관계를 유지하고 싶은 마음은 없을 것이니 말이다.'

상수는 와그너를 유심히 보았고 지금 와그너가 가지고 있는 생각을 어느 정도는 파악을 하고 있었다.

와그너와 같은 입장에 처해 있는 간부들을 찾으면 상수는 그들도 칩을 제거해 주고 와그너와 같이 놈들을 상대하는데 협조를 받을 생각이었다.

지금 와그너를 보니 놈들이 얼마나 지독하게 이용하고 있는지를 알 수가 있었기다.

때문에 대부분의 간무들이 칩만 제거를 해준다고 하면 적극적으로 협조를 할 것으로 보였다.

"그러면 미국에 있는 간부들도 칩 때문에 저들의 일을 하고 있다고 보아야겠군요."

"모두가 그런 건 아니지만 상당수가 그렇다고 봐야 합니다. 저같이 생각을 하는 이들도 있지만 이와는 반대로 그렇지 않은 이도 많습니다. 그들은 그냥 일생생활이 지루하다고 생각을 하는 사람들이지요. 무언가 자신의 마음을 충족시키기 위해 이런 일을 하고 있다고 보시면 됩니다. 그런 자들은 칩하고는 상관이 없이 다크 세븐의 일을 하고 있는 겁니다."

상수는 모든 이들이 와그녀와 같지는 않다는 것을 알았지만 문제는 누가 그런 생각을 하고 있는지를 알 수가 없다는 것이다.

조금만 잘못 판단을 하게 되면 오히려 역으로 공격을 당할 수도 있다는 생각이 들었기 때문이다.

'이거 은근히 골치 아픈 일이네? 정보를 취급하는 이들이 머리가 좋아야 한다는 말을 그동안 이해를 못했는데 이제 보니 왜 머리가 좋아야 하는지를 확실하게 알 수가 있겠네.'

상수는 상황판단이 얼마나 중요한지를 지금 몸으로 체험을 하고 있는 중이었다.

간부들을 잡아도 누가 배신을 할 놈인지를 구분하지 못하면 치명적으로 피해를 입을 수도 있는 일이라는 생각이 들자 상수는 그냥 모조리 죽여 버릴까 하는 생각이 차츰 들었다.

"간부들 중에 우리의 일에 협조를 할 사람이 확실하지 않으니 이거 골치가 아픈데요?"

"제가 알고 있는 간부들 중에 적어도 세 명은 확실하게 칩만 제거가 되면 적극적으로 협조를 받을 수가 있을 겁니다. 하지만 다른 이들은 저도 장담을 할 수가 없습니다. 그리고 우선 누가 그런 생각을 하고 있는지를 알 수가 없으니 말입니다."

와그너의 말대로 놈들을 잡아서 설득을 하는 일은 처음부터 무리라는 생각이 드는 상수였다.

그때 문이 열리면서 카일이 들어왔다.

"국장님 지금 이곳으로 온다고 하였습니다. 그런데 문제가 하나 있습니다. 수술을 하려면 자신의 보조가 있어야 하기 때문에 간호사를 대동해야 한다고 합니다."

의사가 수술을 하려면 그를 협조할 수 있는 보조 인력이 있어야 하는데 이는 의사가 집중을 하기 때문에 다른 곳으로 눈을 돌리지 않게 하기 위해서였다.

집중력이 떨어지면 그만큼 수술은 실패를 할 수가 있었기 때문이다.

"그 간호사는 믿을 수 있는 사람입니까?"

"의사분이 보증을 하겠다고는 하는데 아직 확인이 되지 않았습니다."

카일은 간호사를 대동한다는 말에 바로 간호사에 대한 내용을 받았고 이를 조사를 하게 하였지만 아직 나온 것이 없었기에 대답을 하지 못하고 있었다.

상수도 그런 카일의 입장을 이해는 하고 있었다.

"우선은 의사가 보증을 한다고 하니 데리고 오세요. 그리고 수술을 할 장소가 있나요?"

"예, 저희가 부상을 입으면 치료를 하는 곳이 있습니다. 바로 뒤에 있는 건물로 가시면 그 안에서 수술을 할 수가 있습니다. 어지간한 장비를 그 안에 모두 있으니 말입니다."

이들이 하는 일 자체가 위험한 일이기 때문에 어지간한 부상 정도는 내부에서 처리를 했고, 그에 따른 시설도 갖춰져 있었다.

"그러면 의사가 오기 전에 그리로 가도록 합시다. 가서 간호사를 직접 보면 알겠지요."

상수의 지시로 와그너와 카일은 바로 수술실이 있는 건물로 이동을 하게 되었다.

와그너는 이제 상수의 직계로 남았기 때문에 카일도 그런 와그너를 최대한 존중을 해주고 있었다.

어제의 적이 오늘의 친구가 되었기 때문이었다.

이들이 수술실로 가니 그 안에는 간단한 수술 정도는 언제든지 할 수 있게 준비가 되어 있는 것을 보고 크게 문제는 없어 보였다.

상수는 이제 의사만 도착을 하면 바로 수술을 해서 칩을 제거하려고 하였다.

이미 칩의 위치를 확실하게 알고 있으니 그 부분을 절단하여 꺼내기만 하면 되기 때문이었다.

그리고 상수가 이렇게 수술을 보려는 이유는 바로 칩 때문이었다. 다크 세븐의 칩이 얼마나 과학적으로 만들었는지를 확인하려고 하였다.

놈들이 가지고 있는 기술이 자신에게 도움이 된다면 이는 상당한 이득이 될 수 있다는 생각이 들어서였다.

"국장님, 의사가 지금 도착했다고 합니다."

"그래요? 준비는 되어 있지요?"

"예, 바로 수술을 할 수 있게 해 두었습니다."

"알았어요."

상수는 대답을 하고는 의사가 들어오기를 기다리고 있었다.

문이 열리면서 들어오는 남자는 동양계의 인물로 나이는 이제 삼십 대 후반 정도였다.

카일은 의사에게 상수에 대해 무엇이라고 했는지는 모르지만 의사는 상수를 보며 인사를 했다.

"안녕하십니까. 라이엘이라고 합니다."

"아, 어서 오세요. 힘든 발걸음을 하게 해서 미안합니다.

여기를 책임지고 있는 미스터 정이라고 합니다."

상수는 이름을 알려주지 않았는데 이는 자신의 정체를 이들에게 알려주고 싶지가 않아서였다.

라이엘과 간단하게 인사를 하고 상수는 바로 수술에 대한 이야기를 하기 시작하였다.

라이엘이 데리고 온 아가씨는 20대 중반의 아름다운 외모를 지니고 있었는데 라이엘을 보는 눈을 보니 서로 좋아하는 사이 같아 보였다.

상수는 둘의 사이를 느끼고는 더 이상 말을 하지 않고 수술에 관한 이야기를 하였다.

"저기 보이는 분이 수술을 하실 분입니다. 그런데 그의 몸속에서 하나를 꺼내야 하는데 가능하겠습니까?"

"몸에 무언가가 있는 말씀이신가요?"

"예, 특히 뼈에 이식이 되어 있으니 상당히 조심을 해야 할 겁니다."

라이엘은 뼈에 무언가가 있다는 소리에 조금 놀라기는 했지만 이내 담담한 얼굴이 되었다.

"가능은 하지만 여기서 될지 모르겠습니다."

라이엘이 하는 말은 장비가 부족하는 뜻이었다.

하지만 여기를 떠날 수는 없는 입자이었기에 상수는 그런 라이엘을 보며 단호하게 이야기를 하게 되었다.

"물론 장비가 부족하기는 하겠지만 수술은 반드시 여기서 해야 합니다. 그 이유에 대해서는 설명을 드리지 못하지만 이곳에서 수술을 해주시기 바랍니다. 지금이라도 부족한 것이 있으면 말씀을 해주시면 바로 준비를 하겠습니다."

상수의 당호한 말에 라이엘은 고개를 끄덕일 수밖에 없었다.

"알겠습니다. 제가 할 수 있는 모든 방법을 동원하여 하도록 하지요."

라이엘의 대답에 상수는 만족했다.

의사가 수술을 하면서 자신이 최선을 다하겠다고 하였으면 그만이었기 때문이다.

자신의 능력을 최고로 해서 수술을 했는데 실패를 하면 이는 정말 어쩔 수 없는 일이라고 보아야했다.

그렇게 와그너의 수술은 시작이 되었다.

상수는 수술을 하는 내내 라이엘의 옆에서 착실하게 보조를 하고 있는 여자를 보며 참 독하다는 생각이 들었지만 말이다.

피를 보면서도 전혀 얼굴에 변함이 없는 것을 보니 아마도 수술을 자주 하였던 모양이었다.

'거 여자가 어떻게 수술을 하는데 인상도 쓰지 않고 저럴 수가 있는 거야? 여자가 독하면 저렇게 되는 건가?

상수도 수술을 하는 동안 혈기를 이용하여 와그너의 몸을 살피고 있었다.

세 시간의 수술은 무사히 마칠 수가 있었다.

수술실을 나오자 상수는 레이엘을 보며 감사의 인사를 하였다.

"수고하셨습니다. 힘든 수술이었는데 정말 고생하셨습니다."

상수의 인사에 라이엘은 입가에 미소를 지었다.

"하하하, 수술이 성공을 하였으니 다행입니다. 그저 외과적인 일을 한 것뿐이었습니다. 위치를 그렇게 구체적으로 얘기해 주는데 수술이 실패할 리가 없죠."

의사의 말대로 상수가 정확하게 위치를 알려주는 바람에 꺼낼 수가 있었던 수술이었다.

만약 단순히 뼈 속에 이물질이 있다는 정보만으로 수술을 했었다면 최첨단 장비가 보조한다고 해도 실패했을 것이다.

그 정도로 다크 세븐의 칩은 은밀하고 정교했던 것이다.

"라이엘 씨, 아마도 앞으로 이런 수술을 조금 더 해야 할 것 같으니 저희가 연락을 하면 바로 와 주실 수 있습니까?"

"저는 연락만 하시면 바로 오도록 하겠습니다. 그런데 사전에 연락을 주셨으면 합니다. 저도 그날의 스케줄이 있으니 말입니다."

"알겠습니다. 그 부분은 충분히 가능한 말이군요. 그럼 사전에 미리 연락을 드려 약속을 잡도록 하지요."

상수는 그렇게 약속을 하고는 와그너가 있는 방을 보았다.

그리고 자신의 손에 들린 작은 상자를 보며 상수의 입가에 묘한 미소가 그려지고 있었다.

제2장 기술도 얻고 돈도 벌고

상수는 와그너의 몸에서 꺼낸 칩을 연구하기 위해 많은 생각을 했다.

결국 미국에 있는 연구소의 도움을 받아야겠다는 생각을 하게 되었다.

하지만 문제는 자신이 알고 있는 연구소가 없었기 때문에 카일에게 질문을 하게 되었다.

"카일, 혹시 왕국에서 따로 연구를 진행하는 장소가 있나요?"

"연구소라면 미국에도 있습니다, 국장님."

"그래요? 그러면 그 연구소에 부탁을 할 수가 있나요?"

"본부에 연락을 취하시면 충분히 가능할 겁니다, 국장님."

카일의 대답에 상수는 바로 왕자에게 연락을 하였다.

이번 일은 아주 중요하고 시간을 요하는 일이기 때문에 최대한 빠르게 일을 진행해야 했다.

그리고 동시에 은밀하게 추진해야 하는 일이었기에 왕자에게 직접 연락을 하게 되었다.

"여보세요? 미스터 정이 어쩐 일이세요?"

"왕자님, 제가 다크 세븐을 추적하고 있던 중에 간부 한 명을 잡았습니다. 그런데 이들은 자신들의 위치를 추적하는 장치를 몸에 지니고 있어서 이를 좀 연구를 했으면 하는데 미국의 연구소를 소개해 주셨으면 합니다. 이 물건을 이용해 역으로 추적할 수 있는 것을 만들 수 있는지를 알고 싶어서 그렇습니다."

상수는 추적기를 역으로 이용하여 놈들이 확인하고 있는 전파를 추적하려고 하고 있었다.

그렇게 되면 놈들이 있는 위치를 찾을 수가 있을 것 같아서였다.

왕자는 상수가 간부를 잡았고 그들의 몸에선 추적장치가 부착이 되어 있다는 말을 듣고는 조금은 긴장한 얼굴이 되었다.

일이 점점 복잡하면서 커지고 있는 것 같은 기분이 들어서였다.

그렇다고 자신을 노렸던 놈들을 그냥 두고 싶지는 않은 왕자였기에 결국 허락을 하게 되었다.

"그 문제는 내가 직접 지시를 하여 미스터 정을 도와주라고 하지요. 그럼 나중에 다시 연락을 하겠습니다."

왕자는 그렇게 말을 하고는 전화를 끊었다.

상수는 왕자가 직접 나서게 되었으니 그리 오래 걸리지는 않을 것으로 보았다.

한편 카일은 하늘같은 존재인 왕자에게 직접 연락을 하여 부탁을 하는 상수를 보고는 진심으로 감복을 하고 있었다.

사람은 누구나 그렇듯 줄을 잘 잡아야 하는 것인데, 지금 자신은 완전히 천상의 밧줄을 잡은 기분이 되었기 때문이었다.

'역시 국장님이 왕자님에게 대우를 받고 있다는 말이 모두 사실이었네. 우리 요원들에게는 아주 잘됐군.'

아무리 요원이라고 해도 출세를 싫어하는 사람은 없었다.

누구나 출세를 하고 싶지만 문제는 그 출세가 누구나 되지 않는 것이 문제였다.

특히 사우디 같은 나라는 더했고 말이다.

그런데 가장 강력한 선을 가지고 있는 상수가 자신들의 상관이 된 것이다. 때문에 이들도 이제는 출세를 할 수 있는 길이 열렸다고 생각하는 것이다.

사우디에서 가장 중요하게 생각하는 것이 바로 연줄이었기 때문이다.

그렇게 칩에 대한 연구는 상수 자신이 할 수 있는 일이 아니었기에 사우디의 연구소로 보내게 되었다.

"카일, 이 물건을 연구소로 보내세요. 작은 상자지만 그 상자가 있어야 놈들이 칩의 위치를 찾을 수가 없으니 가는 동안 절대 열지 마세요."

"알겠습니다, 국장님."

상수가 보낸 칩은 연구소에서 아주 은밀히 칩에 대한 연구를 하게 되었고 그 결과를 상수에게 보고를 해주기로 하였다.

물론 칩에 내재되어 있는 기술도 무시를 할 수가 없었기에 상수는 왕자와 이야기를 진행했다.

왕자는 만약에 그 안에서 기술을 배우게 되면 그에 따른 보상을 해주기로 하였고 그 기술도 상수에게 알려주기로 약속을 하였다.

기술은 다크 세븐이 원천이지만 얻은 것은 상수였기에 왕자도 그 부분에 대해서는 인정을 하였기 때문이다.

왕자는 돈에 대해서는 구애를 받지 않은 인물이었기에 상수와 돈 때문에 사이가 벌어지는 것을 원치 않았다.

그렇기에 그에 합당하게끔 상수에게는 충분한 대우를 하려고 하였다.

그때쯤 와그너가 깨어났다.

"어때요? 이제 정신이 드나요?"

"예, 이제 정신이 듭니다. 수술은? 수술은 어떻게 되었습니까?"

와그너는 자신의 몸에 있는 칩을 말하는 것이다.

"칩은 전파를 차단하는 특수한 상자에 담겨 모처로 떠났습니다. 이제부터는 칩을 연구하여 놈들이 추적하는 전파를 역으로 추적을 하려고 합니다. 그렇게 하면 놈들이 있는 위치를 찾을 수가 있을 겁니다."

와그너는 상수가 전파를 역으로 추적하려는 발상이 아주 마음에 들었는지 얼굴이 환해졌다.

"좋은 생각이십니다. 그전에 제가 알고 있는 간부들도 칩을 제거를 해주십시오."

"이미 약속을 했으니 걱정 마세요. 와그너는 그들을 아무도 모르게 이곳으로 데리고 오기만 하면 됩니다. 그리고 놈들이 갑자기 사라지게 되면 의심을 할 수도 있으니 그에 대한 좋은 생각이 있으면 말해주시고요. 우리에게는 놈들을 추적할 시간이 필요하니 말입니다."

와그녀도 상수의 말을 알아들었기에 고개를 끄덕였다.

아직 몸이 완쾌를 하려면 시간이 필요하였기에 시간을 두고 천천히 생각을 해볼 생각이었다.

상수는 그렇게 일을 마무리 하고는 다시 돌아갔다.

물론 이들에게는 앞으로의 일에 대해 지시를 내리고 말이다.

인터넷으로 정보를 받는 놈들에 대해서는 위치만 파악을 하고 놈들을 감시를 장거리에서 하라는 지시를 내려 두었다.

이는 잔챙이를 건드려서 간부들이 피하는 일이 생기지 않게 하기 위해서였다.

*   *   *

카베인의 회장인 피터슨은 이번 계약에 상수가 가장 적합한 인물이라고 생각하고 있었는데 본인이 거절을 하는 바람에 조금 고민이 되었다.

"흠, 그놈이 가장 적격이기는 한데 말이야?"

하지만 피터슨도 상수가 한 말에 일리가 있다고 생각하고 있었다. 조직이라는 곳은 누군가가 홀로 독식하는 건 결코 긍정적이지 못한 법이다.

"흠……."

능력은 최고인데 문제는 그 능력을 시기하는 무리들이 많다는 것이 문제였다.

특수부가 이번 일에 협조를 하겠다고 하였으니 그 안에 상수를 함께 보내는 것이 가장 좋은 방법이었기에 피터슨이 고민을 하고 있는 중이었다.

이번 계약은 근래 들어 보기 드문 큰 건이었다.

당연히 성공만 한다면 엄청난 이득 보장은 물론이고 앞으로 새로운 시장을 개척하는 데도 큰 영향을 끼칠 건이었다.

"할 수 없지. 이번 계약을 성사시키기 위해서는 정 이사를 무조건 함께 보내는 방법밖에는 없으니… 다른 간부들을 설득하는 수밖에 말이야."

회장이 총애를 하고 있다는 생각을 하게 되면 아마도 이들은 그런 상수를 견제하려고 할 것이다.

피터슨은 이미 이러한 생각은 충분히 짐작을 하고 있었다.

그렇게 되면 서로가 피곤해지기 때문에 처음에는 피터슨

도 상수를 제외시키려고 하였다.

하지만 막상 상수를 제외하고 나니 확실한 인물이 없었다.

상황을 보니 반드시 상수가 가야 하는 상황이라는 판단이 들었다.

그만큼 덩어리가 컸고 이번 계약을 총괄적으로 책임을 지기로 한 인물이 솔직히 믿음이 가지 않아서였다.

욕심만 많았지 그 능력은 상수의 절반도 되지 않았기에 피터슨이 불안한 생각이 들어 상수를 함께 보내려고 하는 것이다.

"에잉, 밑에 있는 놈들이 능력도 없는 것들이 욕심만 많아 가지고 일을 더 힘들게 하고 있네. 정 이사 같은 이가 세 명만 더 있어도 우리 회사가 세계 제일의 회사가 될 수 있을 것인데 말이야."

피터슨은 카베인을 세계 제일의 회사로 키우는 것이 인생의 목표였다.

이미 자신은 돈은 벌만큼 벌었다고 생각하고 있어 이제는 더 이상 돈에 욕심을 내지는 않았고 오로지 목표를 달성하고 싶은 마음만 간절했다.

그래서 능력 있는 상수에게 더 마음이 가는 것인지도 몰랐다.

상수가 출근을 하자 미셸이 바로 보고를 하였다.

"이사님, 회장님이 찾으세요."

"회장님이요?"

"예, 아침에 출근을 하시면 바로 오시라고 하셨습니다."

"알았어요. 바로 가지요."

상수는 미셸의 보고를 받고는 바로 피터슨 회장에게 갔다.

이미 보고를 받은 비서가 바로 문을 열어주었고, 상수는 피터슨 회장을 만날 수가 있었다.

"찾으셨다고 들었습니다, 회장님."

"그래, 우선 차나 한잔하면서 이야기를 하세."

그러고는 간단하게 커피를 시켰다.

커피를 마시는 동안 피터슨은 상수의 얼굴을 보며 무언가 고민을 하는 눈치였다.

상수는 무언가 자신에게 할 말이 있는 것으로 보였지만 먼저 입을 열지는 않았다.

이럴 때는 조금 느긋하게 기다릴 줄도 알아야 한다는 것을 알고 있었다.

피터슨은 상수를 보며 조용히 입을 열었다.

"정 이사, 이번 카자흐스탄에 입찰이 있다는 사실을 알고 있으니 그냥 편하게 말하겠네. 이번 계약에 자네가 좀 가주었으면 하네."

"예? 제가요? 거기는 이미 책임자가 정해지지 않았습니까? 게다가 지난번 회의에서 전 빠지기로……."

상수는 이미 책임자가 정해져 있는 것으로 알기에 하는 소리였다.

이번 공사는 특수부는 빠지기로 하였고 대신 지원을 하기로 하였기 때문이었다.

"알아. 알고 있네. 하지만 이번 공사에 자네의 능력이 필요하네. 아무리 생각을 해도 마땅한 사람이 없어. 사실 이번 공사가 회사의 입장에서도 상당한 비중을 차지하고 있어서 절대로 놓칠 수가 없는 공사이기 때문이네."

피터슨 회장의 말을 들으면서 상수는 속으로 다른 생각을 하고 있었다.

'이번 공사를 따야 부회장의 패거리들이 공사를 따도 자신들이 눌리지 않으니 그런 것이지 무슨 회사의 중요한 공사라고 하는 거야?'

상수는 이미 다 알고 있는 이야기를 저렇게 태연하게 하는 피터슨을 보며 참 노련한 인물이라는 생각이 들었다.

그리고 저런 태도는 자신도 배워야 한다는 생각이 들기는 했다.

사람이 때로는 저런 뻔뻔함도 필요하다는 생각이 들어서

였다.

"그럼, 회장님은 제가 그곳으로 가주기를 바라시는 겁니까?"

"그러네. 가서 확실하게 계약을 해주기를 바라네."

"흠……."

상수는 잠시 고민을 했지만 결국은 회장의 말에 따르기로 결정을 하게 되었다.

이는 회장에게 빚이 있으니 자신도 빚을 해결을 해야 했기 때문이었다.

하버드에 입학을 하게 만들어 주었으니 자신도 그만한 일을 해결해 주어야 한다는 생각에 이번 공사에 자신이 가기로 결정을 하게 되었다.

물로 내면적으로 다른 일도 있었지만 말이다.

"알겠습니다. 그러면 이번 공사에 전적인 결정권을 주십시오. 그러면 가서 반드시 공사를 따오겠습니다."

상수는 이왕에 가는 거, 그냥 가는 것보다는 책임자로 가면 공사를 계약하는 것에도 처리가 하기 편해서였다.

하지만 상수의 그 말에 피터슨 회장은 곤란한 얼굴이 되고 말았다.

상수도 직책이 이사이니 당연한 요구 조건이었지만 이미 책임자가 정해져 있었기 때문에 다시 상수를 책임자로 정하는 것이 문제가 되기 때문이었다.

"흠, 자네의 말이 정당하지만 이번만은 책임자가 아닌 부책임자로 가면 안 되겠나? 이미 책임자를 정했기 때문에 다시 책임자를 정하기는 조금 곤란해서 그러네."

피터슨 회장이 난처한 얼굴을 하며 그렇게 말을 하자 상수는 그런 회장을 보며 웃어주었다.

"회장님이 그렇게 부탁을 하시는데 들어 드려야지요. 알겠습니다. 그러면 그렇게 알고 준비를 하겠습니다."

상수의 허락에 피터슨은 얼굴이 환해졌다.

"허허허, 고맙네. 역시 자네는 언제나 믿음이 간다네."

피터슨은 상수의 능력을 진심으로 인정을 하고 있었기에 상수가 간다는 말에 얼굴이 환해졌다.

그만큼 상수가 보여준 것들은 기적적인 일들이었기 때문이었다.

상수는 그렇게 예정에도 없는 출장을 가게 되었다.

특수부에서는 상수가 이번 계약 때문에 출장을 간다는 소리에 다들 놀라고 있었다.

"이번 계약에도 이사님이 간다고 하던데 우리 특수부가 가지 않으면 안 되는 모양이지?"

"그런 모양이야. 회장님께서 특별히 이사님에게 부탁을 하였다고 하는 소문이 있으니 말이야."

"하기는 이사님이 능력이 있는 분이니 그렇겠지."

특수부서의 인원들은 그런 능력 있는 상관을 모시고 있다는 사실에 모두들 신이 나서 있었다.

딱 두 명을 빼고는 말이다.

바로 캐서린과 미셸이었는데 두 사람은 상수가 출장을 간다는 소리에 얼굴이 굳어져 있었다.

다른 이유가 아니라 이들은 상수가 자신들과 같이 가는 것이 아니라 혼자 간다는 것이 불만이었다.

"이사님이 이번 출장은 혼자 가신다는 이야기를 들었는데 캐서린은 어떻게 생각해요?"

"우리 우선 이번 출장에 여사원이 같이 가는지를 먼저 알아보아요. 만약에 여사원이 있다면 우리도 동행을 할 명분이 생기니 말이에요."

캐서린은 상수가 가는 곳에는 어떻게 하던지 같이 가고 싶어서 하는 소리였다.

하지만 이들이 알아보아도 이번 출장 건은 모두 남자가 가기로 되어 있었기 때문에 자신들의 노력이 물거품이 되고 말았다.

상수는 그런 두 미녀의 마음도 모른 채 출장 가서 해야 하는 일들과 자신의 개인적인 일에 대한 생각만 하고 있었다.

이번 출장을 가려는 이유는 회장의 부탁도 부탁이지만 바로 얼마 전에 근무를 했던 누리의 해외 연구소에 대한 조사를 하고 싶어서였다.

자신이 암살자에게 공격을 받은 이유가 아무리 생각해봐도 그곳이 아니면 없었기 때문이다.

상수는 받은 만큼 돌려주어야 직성이 풀리는 성격이었기 때문에 비록 강제로 퇴사를 당하기는 했지만 마음속에 항상 분노를 간직하고 있었다.

"이번에 가서는 확실하게 연구소를 조사를 해보고 도대체 놈들이 무엇을 연구하는지를 알아내야겠다."

상수가 생각하기에도 그렇게 비밀스럽게, 그리고 보안을 철저하게 하면서 연구를 하는 것이라면 분명히 무언가 이유가 있을 것이라 여겨졌다.

그러니 연구소를 조사하여 누리라는 회사가 어떤 회사인지를 확인하는 것 역시 이번 출장 중에 해야 할 일이었다.

상수는 이제는 자신의 몸에 생긴 힘을 자신을 가지고 있었다.

때문에 겁도 나지 않았다.

설혹 상대가 총기를 사용한다고 해도 충분히 극복할 자신이 있었다.

몸이 알아서 위험에 반응하니 방심만 하지 않는다면 충

분히 방비를 할 수가 있었기 때문이었다.

게다가 지금은 혼자가 아니다.

자신에게는 전과는 다르게 따르는 이들이 있었기 때문에 조금은 더 든든하였기 때문이었다.

카베인의 카자흐스탄 출장은 성호가 함께 가는 것으로 결정이 되었기에 빠르게 진행이 되었다.

"이사님, 내일은 출장을 가시니 여기 밀린 업무는 마무리를 해주시고 가세요."

말을 하는 미셀은 무엇이 불만인지 얼굴에 잔뜩 인상을 쓰고 있었다.

상수는 그런 미셀을 보며 빙그레 미소를 지어주었다.

"미셀, 고마워요. 그리고 기분 나쁜 일이 있어도 웃어요. 미셀은 미소를 짓고 있는 모습이 가장 아름다워요. 그러니 인상 쓰지 마세요."

상수는 그렇게 미셀에게 한마디를 해주고는 바로 업무를 보기 시작했다.

미셀은 상수의 말에 자신이 왜 이렇게 하는지를 알고 있으면서도 저렇게 말을 하는 상수가 얄미웠지만 어쩌겠는가?

미셀이 나가고 상수는 모든 업무를 빠르게 처리를 하기 시작했다.

이튿날.

공항에 도착한 상수는 자신을 배웅 나온 두 미녀를 보게 되었다.

"어? 캐서린, 미셸. 여기는 어떻게 온 거예요?"

"이사님이 출장을 가시는데 그냥 있을 수가 있어야지요. 그래서 가시는 거나 보려고 왔어요."

"하하하, 정말 고맙네요. 아름다운 미녀들이 이렇게 배웅을 해주니 가서 더 힘이 날 것 같군요."

상수는 두 미녀가 배웅을 하기 위해 왔을 것이라고는 생각지도 못했다.

이는 상수가 다른 생각을 하고 있었기 때문이었다.

하지만 이렇게 미녀들이 배웅을 해주니 기분이 좋은지 입가에 미소가 계속 남아 있었다.

"이사님, 건강 조심하시고 카자흐스탄에 가셔서 꼭 계약 성사하시기를 바랄게요."

캐서린은 이번 가는 일이 잘 되기를 진심으로 바라고 있었다.

"고마워요. 두 분의 말대로 좋은 일이 생길 것만 같네요."

상수는 그렇게 두 미녀의 배웅을 받으면서 안으로 들어

갔다.

이미 직원들은 모두 들어가 있었기 때문에 상수도 이제는 들어가야 하는 시간이 되었다.

더 있고 싶어도 어쩔 수 없었다. 상수가 생각한 대로 할 수 없었다.

상수가 들어가는 모습을 보며 두 미녀는 손을 흔들어주고 있었다.

상수도 빙그레 웃어주며 가볍게 손을 흔들며 안으로 들어갔다.

비행기의 안에는 이번 출장을 신경 써서 그런지 좌석이 아주 좋았다.

일명 퍼스트 클래스석이었기에 상수는 아주 편하게 갈 수가 있었다.

단지 직원들은 그런 상수와 이번 계약의 책임자인 로버트 이사를 눈치를 보고 있었다.

상수는 그런 것에는 신경을 쓰지 않는지 눈을 감고 잠을 청하고 있었다.

아스타나 공항에 도착을 하려면 시간이 걸리기 때문에 상수는 가는 동안 쉬려고 하였다.

"가는 동안 편하게 한숨 자자."

상수는 편하게 생각하고 잠을 자려고 하였다.

그런 상수를 보는 눈길이 있었는데 바로 로버트 이사였다.

로버트는 회장이 특별히 자신에게 한 이야기를 생각하며 깊은 생각에 빠져 있었다.

그 역시 상수의 능력은 인정을 한다.

하지만 이번 계약만은 자신이 성공하여 회사 내에서의 입지를 올리려고 했었다.

그런데 회장이 반드시 상수와 함께 가라는 지시를 하는 바람에 그리 좋은 기분은 아니었다.

'이번 계약은 무슨 일이 있어도 내 손으로 해야 하는데 과연 저놈이 가만히 있을까?'

로버트는 자신이 이번 계약을 성사시키고 싶었지만 회장의 지시로 같이 가는 상수가 그냥 있지는 않을 것이라는 생각에 고민이 되었다.

그때 로버트의 옆에 앉아 있는 직원이 로버트의 고민을 아는지 입을 열었다.

"이사님, 이번 계약에서 가장 중요한 인물에게 확실한 뇌물을 주면 계약을 하는 것에는 크게 문제가 없을 겁니다. 제가 듣기로는 그자가 뇌물을 상당히 좋아하는 자라고 들었습니다."

뇌물이라는 말에 로버트의 눈빛이 달라졌다.

"그 정보, 확실한 건가?"

"예, 확실한 정보입니다."

로버트는 정보가 확실하다는 소리에 입가에 미소가 그려지고 있었다.

뇌물을 좋아 하는 인물이라면 크게 걱정을 하지 않아도 된다는 생각이 들어서였다.

로버트는 눈을 감고 있는 상수를 보며 묘한 미소를 지었다.

이들의 보이지 않는 싸움은 그렇게 알게 모르게 시작이 되고 있었다.

계약을 따기 위해 가는 길이지만 서로가 마음이 같지 않으니 이런 결과가 나타나고 있었다.

덕분에 두 이사의 눈치를 보는 직원들만 힘이 들었지만 말이다.

한편, 상수는 지금 눈을 감고는 있었지만 겉모습처럼 잠을 자고 있는 건 아니었다.

앞으로의 일들을 생각하고 있었다.

우선은 연구소에 대한 조사를 하려면 필요한 장비가 있어야겠다는 생각이었다

가장 중요한 테러범들에 대한 것도 조사를 하려고 하고 있었다.

놈들이 자신에게 암살자를 보낸 것이라면 상수는 그런 놈들도 그냥 둘 생각이 없었기 때문이었다.

그렇게 시간이 흐르는 동안 어느덧 비행기는 카자흐스탄의 아스타나 공항에 도착을 하였다.

예전에는 알마티가 수도였는데, 지금은 아스타나로 바뀐 탓에 이제는 아스타나로 사람들이 슬슬 모이고 있는 중이었다.

"정 이사님, 도착하였습니다."

상수의 옆에 있는 직원은 상수가 아직 눈을 감고 있자 조심스럽게 말을 하였다.

상수는 직원이 하는 말에 눈을 떴다.

"아, 고마워요."

상수는 그렇게 말을 하고는 크게 기지개를 피며 주변을 살펴보았다.

로버트 이사와 직원들은 이미 내릴 준비를 하고 있는 모양인지 자신들의 짐을 챙기고 있었다.

공항에 도착을 하여 나오게 되니 지사의 지사장이 마중을 나와 있었다.

이번 계약 때문에 카베인에서는 급하게 카자흐스탄에 지사를 만들었다.

이는 현지 사무실이 없는 회사는 계약을 할 수가 없다고 하였기 때문에 어쩔 수 없는 선택이었다.

이번 계약은 그만큼 카베인에게는 중요한 계약이었기 때문에 피터슨 회장도 상당히 많은 신경을 쓰고 있었기 때문이다.

카자흐스탄에서의 계약은 돈 대신에 자원을 채취하는 것이라 각종의 광물을 아주 싸게 가지고 갈 수가 있어서 상당한 이득을 볼 수 있었기 때문이다.

"어서 오십시오."

지사장은 로버트와 상수의 사진을 보았는지 정중하게 인사를 하였다.

"수고하십니다. 멀리 타국에서 고생이 많으십니다."

상수는 지사장을 보고 인사를 하였지만 로버트는 그냥 대충 고개를 끄덕이는 것으로 겉치레 인사를 대신하고 있었다.

그렇게 간단하게 인사를 하고는 일행은 대기하고 있던 차를 타고 이동을 하였다.

지사장은 이미 예약을 한 호텔로 상수의 일행을 안내해 주었다.

우선 장시간 비행을 하였기 때문에 쉬게 해주기 위한 배려였다.

"오늘은 여기서 쉬시면 됩니다."

상수는 지사장을 보며 가볍게 인사를 해주었다.

"수고하셨습니다, 지사장님."

"아닙니다, 이사님."

상수와 일행은 호텔로 들어가 각자 방에 안내를 받았는데 상수는 혼자 사용하는 1인실이었다.

아마도 이사급은 단독으로 사용하게 예약을 한 모양이었다.

상수는 방에 도착해 창을 통해 밖을 보았다.

카자흐스탄은 처음이었지만 그래도 어느 정도는 공부를 해두었기에 조금은 알고 있었다.

"흠, 내일부터 사람들을 만나러 다니려면 바빠지는데 과연 준비를 잘 했는지 모르겠네?"

상수는 이번 계약 건의 책임자인 로버트가 자신을 경계하고 있다는 사실을 알고 있었지만 크게 신경을 쓰지 않았다.

하지만 그렇다고 계약까지 신경을 쓰지 않는 것은 아니었다.

이번 계약은 피터슨 회장의 개인적인 부탁도 부탁이지만 상수 개인으로서도 놓칠 수는 없었다.

자신이 참여하지 않았으면 모르지만, 지금 상황은 자신이 개입되었는데 일이 잘못되면 이거는 조금 곤란하게 될 수도 있다.

상수는 다른 문제는 신경을 쓰지 않고 오로지 계약에만 신경을 쓰려고 하고 있었다.

제3장 러시아 마피아

상수는 로버트 이사와 함께 카자흐스탄 측의 계약 관계
자들을 만나고 있었다.

　미팅은 시종일관 로버트 이사가 대화를 주도하였다.

　상수는 그냥 옆에 앉아만 있었지만 저들이 하는 대화를
듣지 않는 것은 아니었다.

　상수는 이야기를 들으면서 로버트 이사가 지금 무엇을
하려 하는지를 눈치채고 있었다.

　로버트는 지금 만나고 있는 인물에게 뇌물을 주려고 하
고 있었다.

하지만 상수는 지금 만나는 인물은 실질적인 자리에 있는 인물이 아니었기에 그런 뇌물이 아까웠다.

그렇다고 방해를 할 수는 없었기에 그냥 보고만 있었는데 솔직히 로버트가 하는 일처리가 마음에 들지 않았다.

'저렇게 뇌물만 준다고 계약을 하는 것은 아닌데 말이야. 그리고 뇌물을 주려면 실질적인 책임자를 만나 제대로 주면 더 좋을 것인데 어째서 저러는 것인지 모르겠네.'

상수는 로버트가 하는 일처리를 보며 마음에 내키지 않았지만 그냥 보고만 있었다.

하지만 로버트는 로버트대로 그런 상수를 보며 속으로 비웃고 있었다.

'흐흐흐, 이번 계약을 내가 따게 되면 정 이사도 더 이상은 말을 하지 못하게 될 것이다.'

로버트는 상수가 같이 오기는 했지만 계약에 관련된 모든 업무를 자신이 직접 처리하고 있었다.

그래서 상수는 이사라는 직함과 부책임자라는 자리 때문에 매번 로버트와 함께 하고는 있지만 아무런 권한도 없이 옆에서 자리만 지키고 있는 형편이었다.

서로가 다른 생각을 하고 있으니 일이 제대로 협조가 될 수가 없었다.

하지만 상수로서도 아직까지는 로버트 이사가 하는 일이

순조롭게 되고 있는 것 같아 아무런 말도 하지 않고 지켜보기만 하고 있었다.

그렇다고 문제가 없는 것은 아니었다.

로버트 이사는 자신이 하는 일에 자신감을 가지고 업무를 추진하고 있었지만 상수가 보기에는 그렇지 않았다. 계약 추진을 위해 뇌물을 쓴다는 것 자체가 문제가 있었던 것이다.

그래도 회사의 책임자는 로버트 이사이기 때문에 다른 말은 하지 않고 보고만 있었던 것이다.

그런데 상수의 예상대로 일이 터지고 말았다.

"이사님! 큰일 났습니다."

"무슨 일인데그래?"

"계약 때문에 만났던 이가 지금 구속이 되었다고 합니다."

로버트 이사는 그 말에 깜짝 놀란 얼굴이 되었다.

"아니, 무슨 소리야! 구속이 되다니!"

실은 로버트 이사는 상수 몰래 계약 관계자를 만나 상당한 자금을 뒷돈으로 찔러준 적이 있었다.

원래 이런 뒷돈은 계약 성사에 아주 유리하게 작용을 하기도 하지만 반대로 일이 잘못되면 계약과는 영영 멀어지는 경우가 있기 때문에 어떤 이에게 돈을 쓸지가 중요한 법이다.

그런데 상수가 개입되기 전에 스스로 힘으로 계약을 성사했다는 실적을 당성하기 위해 일을 서둘렀는데 그게 탈이 된 것이다.

제대로 된 확인 절차를 거치지 못한 것이다.

게다가 설상가상으로 당초 예상했던 것보다 더 많은 금액이 나간 상태였다.

'망했다…….'

구속이 됐다는 말에 로버트 이사는 하늘이 노래지는 듯했지만 이미 벌어진 일. 수습을 해야 했다.

"오늘 구속이 되면서 알게 된 사실인데 그 사람은 실질적인 책임자가 아니라고 합니다. 저희가 알고 있었던 것과는 조금 달랐습니다."

그러면서 설명을 하기 시작했는데 구속이 된 인물은 이번 계약의 실질적인 책임자가 아니라 단순한 보조를 위한 인물이라는 것이었다.

결국 로버트 이사는 이번 계약과 직접적인 연관이 없이 많은 자금을 소비하한 것이었다. 더구나 현지 뇌물수수 건이 드러나면 더욱 큰일이 되는 것이었다.

더구나 회사에서도 그런 로버트를 그냥 두지는 않을 것이고 말이다.

"망할……."

로버트는 이제 발등에 불이 떨어지게 되었다.

"이사님, 이제 어떻게 합니까."

"아니, 어떻게 그럴 수가 있다는 말인가? 우리가 그자에게 투자한 금액이 얼마인데? 그러면 그 돈은 어떻게 되는 건가?"

"이미 몰수를 당했다고 합니다. 뇌물은 받았으니 그 자금은 회수가 불가능하다고 합니다."

로버트 이사는 직원의 말에 그만 자리에 주저앉고 말았다.

상수는 그런 로버트를 보며 속으로 한숨만 나왔다.

공식적인 미팅은 로버트와 상수가 언제나 함께 했기 때문에 지금 거론되는 인물을 상수 역시 미팅 때 만나 적이 있다.

하지만 로버트와 달리 자신이 보기는 이번 계약 건과 관련해서는 중요한 직책을 가지고 있을 만한 인물이 아닌 것으로 보였었다.

하지만 안 그래도 색안경을 끼고 자신을 보고 있는 로버트 이사였기에 아무 말도 하지 않은 것이다.

아무리 자신을 견제한다고 해도 그 정도는 충분히 파악할 수 있으리라 믿었던 것이다.

아마도 지금의 경과는 바로 본사로 연락이 가게 될 것이고 그로 인해 로버트는 많은 불이익을 당하게 될 것이기 때문이었다.

상수는 자신도 개입이 되어 있는 계약이기 때문에 이제라도 자신이 나서야겠다는 생각을 하게 되었다.

"로버트 이사님은 이제 이번 계약에서 손을 떼세요. 지금부터는 제가 모든 책임을 지고 계약을 추진하겠습니다. 이번 일은 본사에 바로 보고를 하겠습니다. 로버트 이사님 때문에 다른 이들이 욕을 먹을 수는 없으니 말입니다."

상수의 말에 로버트는 얼굴을 들지 못하고 말았다.

자신의 실수인 것은 모두 사실이었기 때문이었다.

그만큼 이번 일이 중요하다고 출발 전에 피터슨 회장이 신신당부를 한 말이 떠올랐다.

"자네는 다 좋은 데 욕심이 너무 많아. 그래서 너무 급하게 처리하는 게 문제여서 이번 계약에 정 이사를 함께 보내는 것이네. 그렇게 알고 두 사람이 잘 협력해서 계약을 성사하도록 하게. 이번 계약은 우리 회사의 입장에서도 중요하지만 이번 계약으로 우리는 저 부회장 패거리들에게 아주 멋지게 한 방 먹일 수가 있으니 무조건 계약을 따내야하네."

피터슨 회장이 마지막으로 로버트를 보며 한 이야기였다.

로버트는 그런 피터슨의 말이 생각나자 더욱 절망에 빠졌다.

이제 자신은 더 이상 회사에 남아 있기 힘들 것이다.

'내가 욕심을 부리는 바람에 일이 이렇게 됐으니… 아마도 돌아가면 바로 회사를 그만두어야 할지도 모르겠다.'

로버트는 지금 걱정이 태산 같았다.

자신에게는 아내와 아이들도 있는데 회사를 그만두면 다른 회사로 취직을 한다는 것이 그리 쉬운 일은 아니었기 때문이었다.

로버트는 순간 오만 생각이 들었지만 그래도 지금은 상수에게 매달리는 수밖에 없다고 생각했다.

지금이라도 최선을 다해 이번 계약을 성공시키는 것이 실수를 줄이는 길이었다.

"정 이사님, 제가 실수를 한 것은 인정을 합니다. 하지만 우리 회사의 입장에서 이번 계약은 아주 중요한 계약입니다. 저도 최대한 하려고 하다 보니 이런 결과가 나오게 되어 정말 미안합니다. 그렇다고 제가 지금 손을 떼고 그만둘 수는 없습니다."

상수에게 말을 하는 로버트는 이제까지와는 전혀 다른 사람이 된 듯 열의가 느껴졌다.

"설사… 이번 일로 인해 회사를 그만두게 되더라도 최소한 오점은 남기고 싶지가 않습니다. 내가 벌인 일은 내 손으로 마무리하고 좋은 이미지를 가지고 떠날 수 있게 도와주십시오."

로버트는 상수를 보며 진심으로 부탁을 하고 있었다.

자신이 완전히 손을 떼면 자신은 분명히 회사를 그만두어야 하겠지만 그래도 상수가 계약을 성사시키기만 하면 기회가 없는 것은 아니었다.

아무래도 징계가 있겠지만 잘하면 회사에 남을 수는 있을 것이란 생각이 들어 상수에게 부탁을 하였다.

상수는 그런 로버트를 보며 나이를 먹으니 남자는 저렇게 변하게 된다는 생각이 들었다.

'역시 남자는 결혼을 하고 가족들이 있으니 저렇게 비참하게 변하게 되네. 나는 절대 저렇게 살지는 말자. 그러기 위해서는 능력을 보여주어야 하겠지만 말이야.'

상수는 자신의 능력이라면 충분히 당당하게 살아갈 수가 있을 것이라는 자신감을 가지고 있었다.

"로버트 이사님, 이미 사라진 자금에 대해서는 저도 어떻게 해드릴 방법이 없습니다. 자금에 관한 보고는 제가 아니라도 다른 직원이 이미 보고를 하였을지도 모릅니다. 그리고 어차피 시간이 지나면 자금에 대해서는 알 수밖에 없습니다."

"......."

"하지만 계약에 대해서는 같이 하는 것으로 하지요. 대신 지금부터는 제가 책임자로 계약의 주도권을 쥐고 움직이겠습니다. 이 점에 대해서는 동의하시나요?"

로버트 이사로서는 지금 상수의 제의가 최선이다.

상수의 말대로 계약이 중요하였기 때문에 로버트는 상수의 말에 동의를 하지 않을 수가 없었다.

그만큼 자신에게는 중요한 일이고 미래가 달려 있는 문제였기 때문이다.

상수가 계약을 할지 못하게 될지는 모른다.

하지만 지금은 발등에 떨어진 불을 끄는 것이 우선이었기에 바로 수락을 하였다.

"알겠습니다. 이번 계약에 있어 모든 주도권은 정 이사가 가지는 것을 저도 인정하겠습니다."

로버트 이사가 허락을 하자 상수는 속으로 웃고 있었다.

지금 로버트의 입장에서는 상수의 말대로 하지 않을 수가 없었기 때문이다.

상수도 로버트가 본사로 돌아가면 좋지 않은 일이 생길

지도 모른다는 생각을 하고 있었다.

하지만 이번 계약에 성공을 하면 조금은 도움이 될 수도 있었기에 그렇게 말을 하였던 것이고 말이다.

"알겠습니다. 그러면 내일부터 관계자를 만나는 일은 제가 처리를 하겠습니다. 저도 계약을 하고 싶으니 말입니다."

상수는 그렇게 말을 하고는 조용히 자신의 방으로 돌아갔다.

내일은 카자흐스탄의 실질적인 업무 담당자를 만나 이야기를 할 생각을 가지고 있었다.

로버트 이사는 아직 실무를 책임지는 이를 파악하지 못하고 일을 추진하는 바람에 이런 사고가 생겼지만 상수는 그런 로버트가 사람을 만나고 다닐 때 이미 정보를 받아 누가 실무의 책임자인지를 파악하고 있었다.

이는 카자흐스탄에도 사우디의 정보 요원들이 있었기 때문에 가능한 일이었다.

상수는 이곳에 오면서 일종의 파견을 간 것 같은 대우를 받고 있었다.

자신의 방에 돌아온 상수는 가장 먼저 전화를 하였다.

드드드.

"예. 말씀하십시오, 국장님."

미국은 지부가 커서 책임자가 국장이라는 직위를 가지고 있지만 카자흐스탄은 그렇지가 않았다.

그래서 국장 직위를 가진 상수가 이곳에서는 가장 높은 자리였다.

"지난번에 말한 카자흐스탄 실무 책임자와 그 주변의 상황을 좀 더 자세히 알고 싶은데 가능하겠어요?"

"이미 조사를 하였으니 바로 보내드리겠습니다, 국장님."

상대가 이미 조사를 하였고 바로 주겠다는 말을 하니 상수는 흐뭇한 미소를 지었다.

"고맙습니다. 그럼 부탁하겠습니다."

상수는 그렇게 인사를 하고는 전화를 끊었다.

그리고 얼마 지나지 않아 상수는 하나의 서류를 볼 수가 있었다.

이는 직접 온 것이 아니라 호텔의 직원을 통해 전해 주었기 때문이었다.

이들은 철저하게 자신들의 신분을 보호하고 있는 것 같았다.

나중에 시간이 되면 서로 만날 수는 있겠지만 지금은 우선 급한 일이 있어 만나지 않고 있었다.

상수는 서류를 받자마자 빠르게 확인을 하기 시작했다.

"흠, 역시 책임자가 이런 인물이니… 계약을 하기가 쉽지 않을 수밖에…….."

게다가 이번 뇌물 사건으로 인해 실질적인 책임자가 다시 바뀐 것도 알게 되었다.

새로운 책임자는 에베로라는 인물로 정부의 고위층 관계자의 친척으로 나와 있었다.

결국 뇌물이라는 것은 이들이 다른 인물로 교체를 하기 위해 하는 말이었고 실질적으로는 고위 관계자들이 이득을 얻기 위해 내세운 인물이었다.

과거 외무부에서 근무를 하였던 에베로는 대내외적으로 많은 이들과 친분을 자랑할 정도로 인맥이 두터웠다. 그리고 그러한 점이 부각되어 이번 계약의 책임자로 새롭게 선정이 된 모양이었다.

"이 사람은 뇌물을 받지 않을까? 내가 보기에는 모두 같은 놈들인 것 같은데?"

상수는 새롭게 책임자가 된 에베로라는 인물의 프로필을 보며 그런 생각을 하고 있었다.

정부의 고위 관계자와 친척이라는 것도 그렇고 저들이 이자를 내세우는 이유가 바로 정치자금이 필요해서라는 생각이 들었기 때문이었다.

우선은 책임자보다는 계약이 우선이었기에 상수는 계약

을 따기 위해서는 다른 방법을 사용하려고 하고 있었다.

어차피 놈들이 바라는 것은 뇌물이지만, 자신은 그런 뇌물을 주고 싶지 않았다. 하지만 전통적인 방법으로는 명확한 한계가 있다.

상수는 서류를 더 살펴보다가 갑자기 한 서류를 보면서 어이가 없다는 표정이 되었다.

"이건 또 뭐야? 어떻게 러시아의 마피아가 계약을 하기 위해 와 있는 거지?"

상수는 서류를 보며 이상한 것을 발견하게 되었는데 바로 이번 계약에 러시아 마피아가 연계되어 있다는 점이었다.

자신이 생각하는 것 이상으로 이번 계약의 이권을 둘러싼 업체들이 다양하고 커져 있는 것 같아 상수도 곤란한 얼굴이 되었다.

"흠, 마피아까지 개입이 된 공사라는 건데……."

상수는 고민이 되었다.

다른 기업도 아니고 마피아가 개입이 되어 있다면 일이 생각처럼 쉽게 해결이 되지 않을 것 수도 있었다.

단순히 사람을 만나 뇌물을 준다고 해서 해결될 문제가 아니라는 것이다.

뇌물이라면 아마도 자신보다는 마피아가 더 많은 돈을,

더 적극적으로 줄 것이다.

"마피아라… 이거 은근히 골치 아픈 일이 개입이 되는 것이 아닌지 모르겠다."

상수는 마피아와의 관계도 생각하지 않을 수가 없었다.

여기는 러시아어를 사용하고 있는 동네이니 저들과 척을 져서 좋을 것이 없다는 생각이 들어서였다.

러시아가 이번 계약에 끼어들었다는 것을 안 이상, 상수는 가장 문제가 되는 것이 바로 러시아의 마피아라고 판단이 들었고 이들과 좋은 관계를 만들려면 우선 안면이 있어야겠다는 생각이 들었다.

상수는 생각이 나자 바로 전화를 걸었다.

드드드.

"예, 국장님."

"이번 계약에 러시아의 마피아가 개입이 있다고 하는데 저들과 좋은 관계를 가질 수 있는 방법이 있으면 좀 찾아주세요."

"알겠습니다. 바로 알아보겠습니다, 국장님."

"그럼 수고 좀 해주세요."

상수가 이런 지시를 내린 건 다른 이유가 있는 게 아니었다.

계약 자체의 성사 여부도 중요하지만, 만약 계약을 한다

해도 마피아와 문제가 생기면 아마도 원만한 공사가 힘들 수도 있기 때문에 이번 기회에 안면을 트려고 한 것이다.

때문에 상수는 본격적으로 움직이기 시작한 이때 마피아와의 문제 역시도 해결해야겠다는 생각을 한 것이다.

마피아에 대해서는 상수가 아는 것은 일부분이었지만 그래도 러시아 마피아가 어떤 놈들인지는 들었기에 되도록 이들과 마찰이 없기를 바라고 있었다.

제4장 암살자

이튿날.

상수는 카베인의 직원들과 함께 오늘 만나기로 약속을 한 에베로를 만나기 위해 이동을 하고 있었다.

"정 이사님, 이번 뇌물 사건으로 새롭게 책임자가 바뀐 것을 어떻게 아셨습니까?"

말하는 이는 이번 카자흐스탄 계약 건으로 본사에서 함께 파견된 직원이다.

원래는 로버트 이사를 보필하기로 되어 있던 인물이었지만 로버트 이사가 실질적인 업무보다는 뇌물을 주는 것으로 계약 업무를 진행하는 바람에 그간 소외되어 있던 사람이었다.

하지만 상수는 남자를 보는 순간에 능력 있는 인재라는 것을 파악하고는 바로 자신을 보필하게 하였던 것이다.

남자는 30대 초반으로 이름은 깁슨이었는데 젊은 나이에 비해 세상을 보는 안목이 상당히 넓고 생각이 깊은 인물이었다.

"제가 가진 정보망이 있어 알아본 것입니다. 그러니 더 이상의 질문은 사양하겠습니다."

상수의 말에 깁슨은 더 이상 질문을 하지 않았다.

상수의 말대로 이는 상수의 개인적인 능력이었기 때문이었다.

"죄송합니다. 제가 너무 나서게 되었습니다. 사과드립니다. 이사님."

깁슨은 바로 사과를 했다.

"그렇게까지 사과할 필요는 없으니 그만하시고 앞으로 에베로라는 인물에 대한 조사를 본격적으로 해주었으면 합니다. 그리고 이번 계약을 책임지고는 있다고 하지만 제가 보기에는 그 윗선이 따로 있는 것 같으니 조사를 하면서 그 주변 인물에 대해서도 세밀하게 조사를 해주세요."

상수는 그 위에 있는 인물들까지 조사를 하여 확실하게

일을 처리할 생각을 가지고 있었다.

거의 마무리가 되어가는데 갑자기 상부의 지시로 계약이 해지가 될 수도 있었기 때문이었다.

이는 카자흐스탄과 같은 나라에서만 통하는 일이었지만 이를 극복하는 회사가 있는 반면에 그렇지 않은 회사도 있었다.

아직은 계약서에 사인을 하지 않았기에 저들이 횡포를 부려도 말을 하지 못하기 때문이었다.

"걱정하지 마십시오. 제가 책임지고 조사를 하겠습니다. 이사님."

깁슨은 자신을 등용해 준 상수에게 어떻게 하든지 능력을 보여주고 싶어 했다.

상수는 그런 깁슨을 보며 입가에 잔잔한 미소를 지었다.

이제 시작이기 때문에 천천히 움직이면서 처리를 하면 크게 문제는 없을 것이라고 보였기 때문이다.

물론 러시아 마피아가 조금 마음에 걸리기는 했지만 만약 놈들이 다른 수작을 부리면 자신도 그에 대한 확실한 응징을 해줄 생각까지 가지고 있는 상수였다.

"이번 계약은 회사에서도 상당히 중요하게 생각하는 것이니 각별히 신경을 써야 합니다."

"네. 알겠습니다."

"그리고 이번 건은 최대한 은밀히 조사하시고 저들에게 약점이 잡혀서는 안 됩니다."

"예, 이사님."

그렇게 말을 하는 동안 차량은 이동을 하여 만나기로 한 약속 장소에 도착하였다.

상수는 차에서 내려 안으로 들어가고 있었고 그의 수행 원들이 상수의 뒤를 따르고 있었다.

안에는 에베로와 직원들이 이미 와서 기다리고 있었다.

"어서 오시오."

에베로는 이미 이런 일을 많이 경험하였는지 아주 자연 스럽게 상수에게 인사를 하였다.

"안녕하십니까. 카베인의 이사인 정상수라고 합니다."

"오, 카베인의 이사가 고려인이었소? 하하하, 이거 정말 반갑소이다."

에베로는 웃으면서 상수에게 바로 악수를 청하고 있었 다.

상수는 그런 에베로의 악수를 받아주며 상대를 보았다.

에베로는 중년의 나이였지만 아직 얼굴에 빛이 나는 것을 보니 아주 잘 먹고 있는 모양이었다.

그리고 그 인상이 그리 정당한 인물로는 보이지가 않았 기에 상수는 어떻게 에베로가 이번 자리를 맡게 되었는지를 대강 짐작할 수 있었다.

에베로를 확인한 상수는 그의 주변에 있는 인물들을 살펴보았다.

그런데 에베로의 주변에 있는 자들 중에 한 명이 상수를 바라보며 상당한 호의를 보이고 있었다.

자신과 같은 동양인이었는데 말은 하지 않았지만 한국계 인물 같아 보였다.

'흠, 저기 있는 자는 한국계 같은데 나를 보는 시선에 호의를 가지고 있으니 잘만 하면 크게 문제가 생기지 않고 계약을 할 수도 있겠다.'

상수는 내심 그렇게 생각을 하고 남자를 보았다.

남자도 이제 삼십 대에 접어든 것 같은데 얼굴을 보니 출세를 위해 자신을 파는 그런 사람으로는 보이지 않았다.

"저희 회사는 오로지 능력을 우선시하기 때문에 인종에 상관없이 누구라도 자신의 능력을 증명만 하면 고속으로 승진을 할 수가 있습니다. 그 덕분에 제가 이사로 있는 거지요."

상수의 대답에 에베로의 눈빛이 빛났다.

잘 만 하면 상당한 자금을 건질 수 있겠다는 생각을 하는 모양이었다.

하지만 상수는 이미 이들이 러시아의 마피아에게 엄청난

자금을 받으려고 한다는 정보를 알고 있었기에 그런 에베로를 보며 크게 긴장을 하지 않고 있었다.

"하하하, 역시 다국적 회사라 그런지 개인의 능력을 먼저 따지는군요. 아무튼 그런 좋은 회사에서 이사로 근무한다니 그 능력을 충분히 짐작을 할 수가 있겠습니다."

이제 본격적인 대화가 시작이 되었다.

상수는 그런 에베로를 상대로 아주 침착하게 대응하고 있었다.

그러면서 상수는 자신에게 호의적인 눈길을 주고 있는 한국계 남자를 주시했다.

카자흐스탄도 고려인이라고 하면서 한국계 인물이 많이 살고 있었지만 아직 이들 중에는 크게 권력을 잡은 사람이 없었다.

그래서 상수는 그런 남자를 보며 무언가 돌파구가 생길 것도 같은 기분이 들었기 때문에 남자를 주시하고 있는 중이었다.

에베로와의 대화는 그냥 평범한 일상적인 이야기만 하고 마무리를 하게 되었지만 상수는 에베로가 원하는 것이 무엇인지 눈치를 채고 있었다.

원래 계약을 분할해 일부를 주면서 상당한 자금을 원하는 눈치였기 때문이다.

하지만 상수는 그럴 생각이 없었다.

계약이라는 것을 하려면 전부를 하고 싶었기 때문이었다.

마피아와 문제가 되기는 하겠지만 만약에 정말 그런 문제가 생긴다면 상수는 마피아와 전쟁을 해서라도 계약을 하려고 하는 마음을 먹고 있었기 때문이었다.

그만큼 상수는 이번 계약을 중요하게 생각하고 있었기 때문이었다.

"하하하, 이거 오늘 만나서 아주 즐거웠습니다. 다음에는 사무실에서 만났으면 합니다."

"예, 그렇게 하겠습니다. 연락만 주시면 저희가 바로 가지요."

"그렇게 합시다. 아무튼 오늘 아주 즐거웠습니다."

에베로는 그렇게 인사를 하고 일어섰다.

상수는 이들이 가는 것을 보다가 뒤에 있는 깁슨에게 지시를 내렸다.

"에베로의 뒤에 따라는 한국계 인물에 대해 좀 알아보세요. 시간이 없으니 급하게 조사를 해 보세요."

"예, 이사님."

깁슨은 자신에게 드디어 지시가 내려졌다는 것에 얼굴이 밝아졌다.

상수가 만난 에베로는 그리 걱정이 되는 인물이 아니었다.

하지만 아무리 능력이 대단한 상수라도 러시아 마피아는 신경을 쓰지 않을 수가 없었다.

'흠… 마피아 쪽 인물을 어떻게 설득을 해야 할지 고민이 되네?'

상수는 마피아 때문에 고민이 되었다.

결국 아무런 소득도 없이 돌아왔지만 한 가지 에베로는 그리 신경을 쓰지 않아도 되는 인물이라는 것만 알게 되었다.

그리고 에베로의 일행 중 한국계 인물에 대해서는 아직 확실한 정보가 없어서 그렇지만 그 호의적인 모습으로 보아 자신에게는 도움이 될 인물로 보였다.

우선 상대에 대한 조사를 하게 하였으니 조만간에 그에 대한 자료를 받아보고 생각을 하기로 하였다.

그때 상수의 핸드폰이 울렸다.

드드드드.

"여보세요?"

─국장님, 마피아에 대한 조사를 하는 중에 이상한 점을 발견하게 되었습니다.

"이상하다는 것이 무엇인가요?"

─그 조직에 무슨 문제가 있는 것인지는 모르지만 지금 파견나온 자를 암살하려고 하는 것 같습니다.

상수는 갑자기 마피아의 인물을 암살한다는 말을 듣자 아주 좋은 묘수가 떠올랐다.

마피아와는 안 그래도 만나야 하는 일이 있었는데 지금 이 아주 좋은 기회라는 생각이 들어서였다.

"그 암살 대상이 된 자는 조직 내에서 어느 정도의 위치에 있는 자인가요?"

─지금 파견을 나온 자는 레드 마피아에서 서열 5위에 있는 자입니다.

한 조직에서 5위에 있는 자라면 상당한 실력자라는 말이었기에 상수는 조금 놀란 눈빛이 되었다.

"호, 이번 계약이 그만큼 중요하다는 것인가요?"

─그거는 저희도 잘 모르지만 마피아에서도 이번 계약 때문인지 아니면 내부적인 문제 때문인지는 모르지만 약간의 마찰이 일어난 것 같습니다.

상수는 보고를 들으며 잘만 하면 그냥 거저 얻을 수도 있을 것 같다는 생각이 들었다.

"그러면 그 당사자가 있는 위치가 어디인지를 말해주세요. 그리고 암살자는 어디에 있는지 확인이 되었나요?"

─암살자의 의치는 이미 확인을 하였습니다. 그리고 마

피아 서열 5위인 바르얀은 현재 경호원들이 보호를 하며 시내의 호텔에 묵고 있습니다.

상수는 호텔에 있다고 하니 암살을 바로 하지는 않을 것이라는 생각이 들었다.

카자흐스탄도 나름 치안이 잘되어 있어서 도심에서 대놓고 암살을 하기가 그리 쉬운 곳은 아니었기 때문이다.

"흠, 그러면 아직은 시간이 있다는 이야기네요?"

―그렇지도 않습니다. 내일 바르얀이 움직입니다. 에베로를 지금 자리에 앉게 하였던 고위직 인물을 만나기 위해서라고 합니다.

에베르를 그 자리에 앉게 한 인물이라면 고위직 중에서도 상당한 위치에 있는 인물이라는 생각이 드는 상수였다.

그리고 상수도 그런 인물을 만나고 싶었고 말이다.

잔챙이와 아무리 많은 이야기를 해보아야 고생만 하지 실속이 없다는 사실을 상수도 알고 있어서였다.

카베인이 아무리 다국적 기업이고 정보력이 뛰어나다고는 하지만 여기까지는 그 정보력이 미치지는 않았기에 피터슨 회장이 상수를 같이 가게 하였던 것이다.

피터슨 회장은 그런 일까지 염두에 두고 그런 결정을 하였지만 당시에는 불만이 많았기도 했다.

상수는 아직 그런 미세한 부분까지는 알지 못하고 있지

만 말이다.

"그자가 내일 움직이는 목적이 그렇다면… 그때 가장 위험일이 생길 수도 있겠군요?"

─그렇습니다. 아마도 암살자도 그 시간을 노리고 있을 확률이 가장 높다고 보입니다."

상수의 머리가 복잡하면서도 맹렬히 돌아가기 시작했다.

'그럼……'

잘만 하면 이번이 기회이기도 했기 때문이었다.

사람은 누구나 생명이 위험할 때 도움을 받으면 가장 큰 은혜를 입었다고 생각하기 때문이었다.

"흠, 그러면 우리가 이번 건에 개입할 수 있는 좋은 방법이 없을까요?"

─개입이라면 어떤 것을 말하시는 것인지요?

"가령 암살자가 상대를 죽이려 할 때 방해를 하는 식으로 말이지요. 이미 암살자의 위치를 파악했으니 그 일도 가능하지 않겠어요?"

암살을 하지 못하게 하는 방법을 찾는 것이었는데 결정일 때 방해를 한다는 것이 그리 쉬운 일은 아니었기에 바로 대답을 하지 못하고 있는 것 같았다.

'그럼 내가 나서는 수밖에……'

그러다 문득, 상수는 지시를 하는 것보다는 자신이 직접 암살자를 찾아가는 것이 좋겠다는 생각이 들었다.

지금 상황에선 그게 최선이었다.

마피아와의 연을 만들기 위해 무언가 다가갈 수 있는 건수를 만들어야 했는데 때마침 암살 시도 건을 알게 된 것이다.

이번 일도 생명의 빚을 지워놓으면 상수의 입장에서는 큰 도움이 될 가능성이 높았다.

"아니, 그 일은 내가 직접 가서 하는 것이 좋겠어요. 당장 암살자가 있는 위치를 알려주세요."

상수의 말에 상대는 바로 대답을 하였다.

―바로 문자로 정확한 위치를 전송하겠습니다. 그런데 총기는 필요하지 않겠습니까?

"총기라… 내가 나가면 자연스럽게 줄 수가 있겠어요?"

―예, 그 정도는 충분히 가능합니다. 그러면 지금 나오실 생각이십니까?

"그렇게 하지요. 어차피 내일은 일도 없으니 가서 그 일을 먼저 처리하는 것으로 하지요."

상수는 그렇게 대답을 하고는 조용히 방을 빠져나가고 있었다.

이사라는 직책을 가지고 있는 상수였기에 혼자 조용히 다녀올 곳이 있다고 하니 다른 이들은 고개를 끄덕이며 각자의 일을 하게 되었다.

상수가 호텔을 빠져 나가고 잠시 후에 그런 상수의 근처로 다가오는 그림자가 있었다.

"정상수 국장님이십니까?"

"아, 만나서 반갑습니다. 내가 정상수입니다."

상수는 상대가 자신과 통화한 인물이라는 것을 알고는 아주 반갑게 인사를 해주었다.

"예, 국장님. 잠시 저쪽으로 이동을 하시지요."

남자는 주변을 살피면서 말을 하였고 상수는 그런 남자 때문에 같이 조심하게 되었다.

"예, 갑시다."

상수가 남자를 따라 걸어가니 그곳에는 차량이 한 대 대기하고 있었다.

상수는 남자와 함께 차를 타고 이동하게 되었다.

"국장님 인사드립니다. 카자흐스탄 책임자인 알리바라고 합니다."

"그래요. 반갑습니다. 알리바."

"여기 준비한 물건입니다. 안에 차시면 편하실 겁니다."

상수가 인사를 마치자 바로 옆에서 무언가를 꺼내 주었다.

상수가 보니 바로 총이었다.

이들이 많이 사용하는 권총으로 자동으로 탄창을 갈아 끼우는 것이었다.

"아, 고맙습니다."

상수는 총을 받아 잠시 보고는 바로 겉옷을 벗어 권총대를 차게 되었다.

권총집에는 따로 탄창도 보관을 할 수 있게 되어 있었기에 상수가 사용하게는 아주 편해 보였다.

상수가 권총집을 차고 다시 겉옷을 입으니 아무런 표시가 나지 않았다.

차는 상수가 그러고 있는 사이에도 계속 이동을 하고 있었다.

"암살자는 어디에 있습니까?"

"지금 그자가 있는 곳으로 가고 있습니다. 국장님."

상수는 지금 가고 있다고 하니 잠시 생각을 하게 되었다.

놈이 암살자이기는 하지만 결정적인 순간을 노려야 하기 때문에 놈을 주시해야 하기 때문이었다.

"그러면 지금 암살자는 감시는 어떻게 하고 있는 가요?"

"요원 중에 한 명이 감시를 하고 있습니다. 정예요원입니다."

"내일 나가는 시간이 언제지요?"

"아침 열 시로 알고 있습니다. 그런데 더 빨라질 수도 있어서 지금 그쪽에도 한 명이 나가 있습니다."

상수는 보고를 들으면서 양쪽 모두를 감시하고 있다는 사실을 알게 되었다.

그렇다면 암살자가 움직이면 자신도 움직이는 것이 좋겠다는 생각이 들었다.

"암살자가 있는 호텔에 숙소를 마련하고 그자가 움직일 때 바로 연락을 주세요. 그 다음은 제가 알아서 처리를 하지요."

상수가 미주 지역의 국장이면서 왕자에게 신임을 받고 있다는 사실을 알고 있었다.

미국의 요원들이 그 실력이 상당하다는 보고를 이미 했기 때문이다.

책임자인 알리바도 상수가 겉모습과는 달리 실력이 상당하다는 것을 알고 있었다.

그래서 상수가 직접 처리를 한다고 하여도 크게 걱정을 하지 않는 것이기도 하고 말이다.

"그렇게 하겠습니다. 국장님."

알리바의 대답에 상수는 고개를 끄덕였다.

호텔에 도착한 상수는 숙소를 잡고는 안으로 들어가서 바로 운기를 시작하였다.

마음도 진정을 시키고 몸도 운기를 하면 회복이 되기 때문이었다.

상수가 운기를 시작하자 문신에서 나온 기운들이 그런 상수의 몸을 돌면서 나쁜 기운은 모조리 처리를 해주고 있어 상수의 몸은 아주 상쾌한 상태가 되어갔다.

문신의 기운은 새로운 기술만 알려주는 것이 아니라 무술을 익힌 사람만이 가진다는 기를 사용할 수 있게 해주고 있었기 때문에 상수에게는 정말 소중한 것이라고 할 수 있었다.

상수는 그 문신의 기운 때문에 지금의 자리를 차지하고 있는 것이기도 하고 말이다.

지금은 새로운 인생을 살고 있는 상수다.

이제는 문신의 기운이 없다면 인생에 대한 의욕을 상실할 수도 있을 정도로 철썩같이 문신의 힘을 믿고, 의지하고 있었다.

그리고 문신의 기운들도 그런 상수의 의지에 호응을 하려고 하는지 더욱 강력해지려고 하고 있었다.

상수의 몸에는 전과는 비교도 되지 않을 정도로 강한 기운들이 돌아다니고 있었다.

그런데도 아직은 아무런 문제가 생기지 않고 있는 것은 몸속의 기운들이 상수의 몸에는 절대 해를 끼치지 않고 있어서였다.

번쩍.

한참 동안 그렇게 운기를 하던 상수는 눈을 떴다.

"후욱! 한 번 운기를 했더니 아주 개운해지네."

제5장 마피아 인물을 구하다

상수는 운기를 하는 게 이렇게까지 기분이 상쾌해질지 생각도 하지 못했다.

이는 그동안 상수가 운기를 제대로 하지 않아서였기 때문이다.

지금 상수는 운기를 하면서 자신도 모르게 몸에 있는 기운을 어느 정도는 몸에 녹아들게 하는 수준까지 끌어 올렸다.

이 덕분에 상수는 스스로의 몸이 상쾌하게 느껴지고 있었던 것이다.

"이런 상태라면 아무리 실력이 뛰어난 암살자라도 충분히 상대할 수가 있을 것 같다."

상수는 마음이 차분해지고 절로 용기가 생기는 기분이었다.

언제부터인가는 모르지만 상수는 이제는 총기를 보아도 겁이 나지 않게 되었다.

아마도 사우디에서 이상한 기운을 흡수하고 나서부터인 것 같았다.

상수는 여전히 그 약을 가지고 있었지만 아직까지는 약을 연구할 마땅한 곳이 없었기 때문에 그냥 보관만 하고 있는 상태였다.

그 영혼의 약이라는 것이 어떤 작용을 하는지는 몰라도 몸 안에 있는 기운이 움직여 모두 흡수를 하는 바람에 상수에게는 아무런 영향을 주지 못했다.

오히려 그 기운을 흡수해서 한층 더 강해지고 있는 중이다.

"정말 사우디에서 흡수한 그 약 때문에 그런 것인지는 모르지만 아무튼 그 약으로 인해 전보다는 더 강해진 것 같으니 이번 일을 마치면 반드시 약에 대한 조사를 해보아야겠다."

상수가 처음에는 단순하게 생각하고 약의 성분을 일반

연구소에 보내 조사를 하려고 하였지만 요원들이 그런 상수를 말리는 바람에 미루고 있었다.

영혼의 약이라는 것은 사우디에서도 아주 신기한 약으로 통하는 것으로 정말 귀한 보물이었기 때문이었다.

그럼 보물을 아무 곳에나 줄 수는 없었기 때문에 요원들이 신신당부를 하게 되었고 말이다.

운기를 하고 나니 몸이 아주 좋아진 상수는 내일 있을 일에 대해 잠시 고민을 하게 되었다.

암살자가 움직이면 자신도 암살자를 따라 움직여야 한다. 그리고 결정적일 때 놈의 총구를 조정해 암살을 막아야 한다.

만약 성공을 하면 마피아와는 정말 좋은 관계가 될 수 있지만 그렇지 않을 경우에는 자신도 적이라는 인식을 주게 될 것이라는 생각이 들었다.

"흠, 내일 일이 마피아와의 관계에 있어서는 가장 중요한 일이 되겠네. 무슨 일이 있어도 성공해서 계약을 달성해야 하는데 말이야."

상수는 그런 고민이 생기면서 다양한 방법을 찾게 되었다.

그런 저런 고민을 하는 동안 시간은 흘러갔다.

아침이 되자 상수는 다시 운기를 하고는 호텔에서 제공

하는 식사를 먹고 준비를 하였다.

그때 상수의 품에 핸드폰이 울렸다.

드드드.

"여보세요?"

―국장님! 놈이 움직이기 시작했습니다.

"알겠습니다. 지금 나갈 테니까 놈의 위치를 알려주세요."

전화를 끊은 상수는 급하게 문을 열고 나갔다.

암살자 놈이 먼저 움직이고 있으니 자신도 빠르게 대처를 해야 했기 때문이었다.

상수가 호텔의 문을 벗어나기 전에 어제의 인물이 상수에게로 다가왔다.

그러면서 동시에 상수에게 사진을 건네주면서 말을 하였다.

"지금 놈이 내려오고 있으니 조금 기다리면 될 겁니다. 차량은 저기 보이는 차를 타시면 됩니다. 여기 키가 있습니다."

남자는 차키를 주면서 아주 자세히 설명을 해주기 시작했다.

상수는 그런 남자의 준비성에 아주 고마운 마음이 들었다.

"수고하였습니다. 이번 임무를 마치면 좋은 소식이 기다리고 있을 겁니다."

상수는 그렇게 말을 하고는 사진의 인물을 머릿속으로 빠르게 기억을 하였다.

남자가 떠나고 상수는 천천히 차가 있는 곳으로 걸어가면서 누가 나오는지를 확인했다.

상수가 차에 도착하자 사진속의 인물이 나오는 것을 볼 수가 있었다.

상수는 빠르게 차에 타고는 침착하게 남자가 먼저 움직이기를 기다렸다.

"암살자라 해서 좀 험상궂게 생길 줄 알았는데 아주 참하게 생긴 분이 암살을 하고 다니시네."

상수는 암살자의 인상을 보며 그런 생각이 들었다.

누가 보아도 그냥 평범한 일반인처럼 보였기 때문이었다.

상수가 그런 생각을 하는 동안 암살자는 자신의 차를 타고 이동을 하고 있었다.

아마도 차량에 총기를 보관하고 다니는 모양이었다.

상수는 그런 암살자의 차량이 이동하는 것을 보며 천천히 차를 출발하였다.

암살자는 분명히 마피아의 인물이 가는 길을 알고 있을

것이라는 생각이 들었다.

놈이 중간에 매복을 하여 총을 사용하여 암살을 할 것으로 보였다.

상수는 천천히 차를 몰아 암살자가 가는 곳으로 이동하였다.

상수의 눈은 일반인과는 다르기 때문에 조금 거리가 떨어져 있어도 상대의 차량을 충분히 찾을 수가 있었다.

그렇기 때문에 아주 멀리 떨어져서 앞차를 따라가고 있었다.

그때 상수의 핸드폰이 울렸다.

드드드드.

상수는 운전을 하면서는 블루투스를 사용하고 있었기에 바로 전화를 받았다.

"여보세요?"

ㅡ국장님, 마피아의 인물이 지금 막 출발했습니다.

"그래요? 그러면 그자가 가는 길이 어디인지를 확인하면 바로 연락을 주세요. 지금 놈이 움직이는 방향을 보니 대강은 알겠지만 혹시라도 모르니 말입니다."

마피아의 간부는 정해진 길로 가지 않을 수도 있었기에 상수는 확인을 하고 연락을 원한 것이다.

힘들게 갔는데 허탕을 칠 수는 없었기 때문이었다.

암살자는 특정 장소에 도착하자 바로 차를 세웠다. 차 안에서 커다란 가방을 들고 내린 암살자는 인근의 건물로 들어가고 있었다.

상수는 서두르지 않고 자연스럽게 차를 멈추고는 주변을 둘러보았다.

아마도 놈은 옥상에서 저격을 하려는 모양이었다.

상수는 그런 암살자를 따라 약간의 격차를 두고 안으로 들어갔다.

"옥상이면 총을 사용하기에는 아주 좋겠지만 그게 뜻대로 되지는 않을 거다."

상수는 걸어가면서 가지고 있던 권총을 만지고 있었다.

아무래도 자신도 총기를 사용할 수도 있었기에 대비를 하는 것이었다.

상수가 워낙 은밀히 몸을 움직인 터라 암살자는 아직 그런 상수의 움직임을 알지 못하고 있었다.

암살자는 상수의 예상대로 옥상에 올라가서 가방을 열어 그 안의 총기를 조립하고 있었다.

상수는 옥상에 도착했지만 생각지 못한 문제가 발생하고 말았다.

바로 옥상의 문이 밖에서 잠겨 있었기 때문이다.

"이런! 빌어먹을 새끼가 안전을 확실히 생각하고 일을 하는 놈이네. 우선 바로 옆으로 가야겠네."

상수는 빠르게 다시 내려갔는데 그 이유는 바로 타이밍 때문이었다.

놈이 총을 발사할 그 순간에 자신이 극적으로 방해를 해야 효과가 더욱 크기 때문이었다.

상수는 바로 옆 건물로 이동을 해 빠르게 옥상으로 올라갔다.

옥상의 문을 열고 살며시 놈이 있는 곳을 살펴보니 아직 무언가를 만들고 있는 것 같아 보였다.

'후후후, 여기서 자신을 보고 있다는 생각은 하지 못하겠지?'

상수는 놈이 저격용 총을 조립하는 것을 보며 살며시 미소를 지었다.

이제 놈이 준비를 마치기를 기다리고 있으면 되었다.

조금 거리가 떨어져 있기는 하지만 이 정도의 거리는 상수에게는 그리 문제가 되지 않았다.

그때 상수의 핸드폰이 울리기 시작했다.

드드드드.

진동이기는 하지만 바로 옆 건물 옥상에 암살자가 있는 터라 조심할 수밖에 없었다.

상수는 조심스럽게 자리를 피해 전화를 받았다.

"여보세요?"

아주 작은 목소리로 전화를 받으니 상대도 금방 상황을 파악했는지 작은 소리로 말을 해주었다.

ㅡ국장님, 지금 마피아의 간부가 국장님이 계시는 쪽으로 가고 있습니다.

'좋았어.'

상수는 그 말을 들으며 고개를 끄덕였다.

생각대로 움직임을 보이고 있다면 암살자는 이미 저들의 경로를 미리 파악하고 있었다는 이야기였다.

억측일 수도 있지만 마피아 간부의 움직임이 이렇게 사전에 노출이 되었다는 건 마피아 내부에 또 다른 적이 있다는 의미일 수도 있다.

하지만 상수로서는 그러한 사실은 중요하지 않다.

마피아는 친구와 적에 대해서는 확실하게 대우를 하고 있었는데 지금 상수는 그런 마피아의 친구가 되고자 하고 있었다.

그리고 공사도 마피아의 협조가 있으면 보다 쉽게 따낼 수가 있기 때문이었다.

"수고했습니다. 이제부터는 제가 직접 처리를 하겠습니다."

"알겠습니다. 조심하십시오. 국장님."

상수는 말을 마치고는 바로 다시 놈이 있는 위치를 파악했다.

이제부터는 시간과, 끈기의 싸움이었기 때문이다.

암살자 놈은 총기를 거치하고는 천천히 주변을 살피고 있었다.

상수는 놈의 눈길에 걸리지 않게 아주 은밀하게 숨어 있었다.

일종의 사각지대를 이용하여 눈에 걸리지 않게끔 말이다.

상수는 은밀히 숨어 있으면서도 놈이 하는 행동 하나하나를 놓치지 않고 주시했다.

'응?'

그때 놈이 핸드폰을 받았다. 아마도 진동으로 오는 것 같았다.

상수는 최대한 귀를 기울였다.

상수의 눈과 귀는 일반인과는 다르게 엄청나게 발달이 되어 있어서 지금 정도의 거리에서는 상대의 말을 모두 들을 수가 있었다.

"예, 아마 지금 오고 있다면 바로 처리할 수가 있습니다."

남자는 자신 있게 그리 대답을 하였고 상수는 남자가 하는 말을 듣고는 입가에 차가운 미소를 지었다.

남자는 암살을 전문으로 하고 있지만 마피아에 소속이 되어 있는 킬러라는 생각이 들었다.

저들끼리는 히트맨이라고 부르는 자들이다. 이들은 따로 소속이 있는 이들도 있지만 마피아에 소속이 되어 있는 경우도 많았다.

"예, 걱정하지 마십시오. 반드시 처리하겠습니다."

남자는 그렇게 말을 하고는 핸드폰을 껐다.

상수는 남자가 마피아에 있는 자들과 통화를 하였다고 생각이 들었다.

'흠, 놈을 잡아 고문을 하면 비밀을 알 수가 있을 것 같은데 이거 은근히 중독이 되는 것 아냐?'

상수는 자신이 고문에 중독이 되는 것 같은 기분이 들었다.

상수는 품에서 조심스럽게 권총을 꺼내 슬슬 만져보고 있었다.

이 정도의 거리라면 백발백중을 자신할 수가 있었기 때문이다.

상수는 놈의 움직임을 유심히 보다가 갑자기 놈의 눈빛이 달라지는 것을 보고는 이제 슬슬 때가 왔다는 것을 느꼈다.

상수는 권총을 들어 놈의 총을 겨눴다.

놈의 몸이 총기를 가리고 있었지만 상수의 위치가 약간 비스듬한 각도였기에 총구를 제대로 맞출 수가 있는 위치였다.

놈은 저격용 총에 천천히 몸을 실어주고 있었다.

시간이 흘렀지만 놈의 눈에는 긴장감이 흐르지 않는 것을 보니 아마도 오랜 시간을 이런 일을 하고 있는 모양이었다.

가장 중요한 것이 타이밍이었기 때문에 상수의 눈은 오로지 놈의 손가락에 가 있었다.

상수는 때를 놓치지 않기 위해 놈의 손가락을 유심히 살펴보고 있었는데 놈의 손가락이 서서히 움직이려고 하자 상수의 눈빛이 빛났다.

상수도 총을 천천히 들고 놈을 겨냥하였고 마침내 암살자와 상수는 동시에 발사를 하는 것처럼 보였다.

탕! 탕! 탕!

단발로 발사를 하였는데 소리가 들렸고 암살자는 갑자기 몸이 쓰러지고 있었다.

하지만 그 소리로 인해 차량으로 이동을 하고 있는 마피아 간부인 바트얀은 기겁을 하고 말았다.

"컥!"

바로 자신의 차 조수석에 함께 타고 가던 수하가 총에 당했기 때문이었다.

남자는 이마에 정확하게 총알이 박혀 있었는데 그대로 절명을 하고 말았는지 움직이지를 않았다.

"당장 차를 세워! 어느 놈인지 찾아라."

바트얀의 지시로 차는 길가에 멈추게 되었고 그 안에는 많은 이들이 내리고 있었다.

상수는 암살자를 잡았으니 이제는 생색을 낼 차례라고 생각을 하고 있었다.

그런데 문제는 암살자가 있는 건물로 가게 될 경우 마피아와 충돌이 생길 수도 있다는 생각이 들었다.

"놈들과 충돌을 피하려고 한 짓인데 이거 잘못하면 크게 문제가 생길 수도 있겠는데. 어떻게 하지?"

상수가 그런 고민을 하고 있을 때 마피아의 인물들은 총알이 날아온 각도를 보고는 어디인지를 바로 위치를 찾았다.

"저기 보이는 건물이다. 당장 조사를 해라."

한 남자의 지시로 여러 명의 인물이 바로 건물로 진입하였다.

이들이 건물의 옥상으로 올라가니 그곳에는 이미 쓰러진 암살자만 남아 있었다.

상수는 그런 마피아를 보며 손을 흔들어주며 말을 하였다.

바로 옆이었기에 상수가 하는 말을 이들도 충분히 들을 수가 있었기 때문이다.

"어이, 거기 쓰러진 친구가 저격을 하려고 해서 내가 못하게 하였는데 누구 다친 사람은 없지요?"

상수가 아주 유창한 러시아어로 질문을 하자 마피아 단원들은 오히려 황당한 표정이 되고 말았다.

상수의 말대로 놈이 아마 제대로 저격을 하였다면 아마도 자신들이 모시는 보스는 오늘 죽었을지도 모르기 때문이었다.

차량이 방탄이었지만 철갑탄을 사용하니 그대로 창문이 뚫렸기 때문이었다.

그때 한 명이 정신을 차렸는지 상수를 보며 정중하게 인사를 하였다.

"저격범을 잡아주셔서 감사합니다. 그런데 여기서 저격을 하는 것을 어떻게 아셨습니까?"

"나도 답답해서 옥상에 올라왔는데 거기서 총기를 조립하는 것을 보게 되었기에 누군가를 죽이려고 하는 것이라는 생각이 들어 제압을 하게 된 겁니다."

상수는 아주 자연스럽게 이야기를 하였고 그런 상수의

말에는 거짓이 없어 보였다.

마피아는 바로 옆에 있는 인물의 귀에 무어라고 속삭였고 그 말을 들은 남자는 빠르게 움직이고 있었다.

아마도 밑으로 가서 자신들의 보스에게 보고를 하려는 모양이었다.

상수는 그런 남자들의 움직임을 놓치지 않고 보고 있었다.

마피아 단원들은 암살자의 상태를 보고 놈이 지금 정신을 잃었지만 아직 살아 있다는 것에 조금은 안심을 하는 얼굴이었다.

놈에게 알아내야 할 것이 많았기 때문이었다.

오늘 자신들이 이동을 하는 경로는 누구도 모르는 길이었다.

미리 와서 대기를 하고 있다는 것은 결국 누군가가 배신을 하였기 때문이라고 보였다.

"놈을 단단히 묶어라. 데리고 내려가서 확인을 해야 하니 말이다."

"예."

남자들은 지시에 따라 빠르게 암살자를 묶었다.

남자는 지시를 내리고는 다시 상수를 보며 정중하게 물었다.

"오늘의 도움에 진심으로 감사의 인사를 드립니다. 그런데 시간이 좀 남으신다면 저와 잠시 이야기를 나눌 수 있겠습니까?"

"시간이야 있지요. 나도 내려가려고 하였으니 밑에서 만나지요."

"예, 알겠습니다. 그러면 밑에서 뵙겠습니다."

자신이 모시는 보스를 살려준 은인이었기에 남자는 최대한 정중하게 상수를 대하고 있었다.

한편 차량에 타고 있던 바트얀은 수하의 보고를 들으며 얼굴에 인상이 써지고 있었다.

"그러니까, 건너편 옥상에 있던 남자가 누군가를 죽이려는 암살자를 보고 도움을 주었다는 말이냐?"

"그렇습니다. 암살자가 사격을 하는 것을 방해하여 총구가 다른 방향으로 향하게 하였던 것 같습니다. 암살자도 지금 정신을 잃기는 했지만 죽지는 않은 것으로 알고 있습니다."

수하의 보고에 바트얀은 자신의 목숨을 살려준 남자가 누구인지가 궁금해졌다.

지금까지 자신은 많은 전쟁을 하며 지금의 자리를 만들었지만 누구에게 신세를 져본 적이 없었기 때문이다.

"그분은 당장 모시고 오도록 해라. 그리고 전화를 걸어

오늘 약속을 취소를 하고 다시 돌아간다."

"예, 알겠습니다. 보스."

바트얀의 지시로 약속은 바로 취소가 되었지만 이들은 상수를 기다리고 있었다.

상수는 아주 천천히 내려가고 있었다.

이제는 급한 일이 없었기 때문이었다.

상수가 도착하자 상수에게 인사하였던 남자가 다시 상수에게 정중하게 인사하였다.

"저희가 모시는 분이 뵙기를 바라고 계십니다. 실례인지 알지만 시간을 내주셨으면 합니다."

상수는 자신의 생각대로 마피아는 적과 아군에 대해 확실히 대우가 다르다는 것을 느꼈다.

"그렇게 하지요."

상수가 말을 따라주자 남자는 급히 상수를 모시게 되었다.

상수는 바트얀이 타고 있는 차량의 바로 앞에 도착을 하였다.

그런데 도착해 보니 그 차에 이미 구멍이 나 있는 것을 볼 수가 있었다.

'흠, 놈의 총구를 다르게 하기는 했지만 그래도 총구가 차량을 향하게 했다는 것은 그만큼 훈련을 받았다는 이야

기군.'

상수는 암살자의 실력이 아주 좋다는 것을 느낄 수가 있었다.

"이쪽으로 타시지요."

남자는 차량의 문을 열어주며 차 안으로 타기를 요청했다.

상수는 남자의 말대로 바로 차 안으로 들어갔다.

그 안에는 이제 사십 대의 남자로 보이는 바트얀이 있었다.

"어서 오시오. 이거 생명의 은인을 이렇게 모시게 되어 정말 미안합니다. 하지만 아직 위험이 남아 있어서 그런 것이니 양해를 해주시기 바랍니다."

바트얀은 상수를 보고 처음에는 조금 놀란 눈을 하였지만 이내 웃으면서 상수를 맞이해 주었다,

이는 바트얀이 그만큼 이제는 연륜이 생겼다는 이야기였다.

"감사합니다. 이렇게 뜨거운 환영을 받을지는 몰랐습니다."

상수는 아주 유창한 러시아 언어를 사용하고 있어 바트얀이 놀랄 정도였다.

"하하하, 우리 러시아 언어를 아주 유창하게 사용하시는

분을 보게 될지는 몰랐습니다. 아무튼 저의 생명을 구해주셨으니 제가 머물고 있는 곳으로 가십시다. 내가 거하게 대접을 하고 싶습니다."

상수는 그런 바트얀을 보며 내면적으로 잔혹한 성품을 가지고는 있지만 적과 친구를 구분할 줄 아는 눈을 가지고 있다는 생각이 들었다.

"예, 그렇게 말씀을 하시는데 거절을 하면 이거 제가 이상해질 것 같으니 오늘은 기꺼이 초대에 응하도록 하겠습니다."

상수가 바로 허락을 하자 바트얀은 그런 상수를 보며 보통의 인물은 아니라는 생각이 들었다.

"출발하자."

"예, 보스."

바트얀의 지시로 차량들은 빠르게 다시 돌아가고 있었다.

오늘 약속도 취소를 하고 돌아가는 길이었기 때문에 수하들의 눈빛도 전과는 달라져 있었다.

자신들의 보스가 암살을 당했기 때문이었다.

바트얀이 이렇게 수하들에게 충성을 받을 수 있는 것은 그만큼 수하들에게는 상벌이 확실하기 때문이었다.

바닥에서 지금의 자리까지 올라선 것만으로는 바트얀은

이들에게는 영웅으로 보였기 때문이었다.

바트얀이 거주하고 있는 곳에 도착한 상수는 저택의 크기를 보고 속으로 많이 놀랐다.

동양적인 정서를 가지고 있는 상수였기에 엄청난 크기의 저택을 보니 이거는 마치 궁궐에 와 있는 기분이 들어서였다.

상수는 그렇게 바트얀과 궁궐 같은 저택으로 들어갔다.

제6장 마피아 보스 바트얀

바트얀은 상수와 대화를 하면서 상수가 카베인의 이사라는 직책을 가지고 있다는 사실을 알게 되었다. 그러면서 한편으로 상수가 생각보다는 상당한 능력을 가지고 있는 인물이라는 점도 함께 알았다.

이는 수하들이 바트얀의 저택으로 돌아가는 와중에 상수에 대한 조사를 해온 것이었다. 그 짧은 시간에 상수에 대한 것들을 조사한 것이니 러시아 마피아의 정보력이 새삼 놀라울 정도였다.

그리고 보고를 통해 이번에 암살자를 잡은 것은 우연히

일어난 일이라고 판단을 내리게 되었다.

우선 자신이 가는 길은 비밀로 하였는데 암살자야 심문을 하면 되는 일이었지만 상수는 자신과 아무런 연관이 없는 인물이었기에 그렇게 결론을 내릴 수밖에 없었다.

상수는 바트얀의 후한 대접을 받고 돌아갔지만 바트얀은 상수가 돌아가고 나서부터 바빠졌다.

"정상수의 조사는 어디까지 확인이 되었지?"

"저희가 조사한 바로는 이번 일과는 무관하다고 생각됩니다. 그는 평범한 카베인의 직원으로 일행이 머물고 있는 호텔에서 나와 거리를 거닐다가 우연한 그 건물로 올라간 것으로 보입니다."

"흠……."

"그때 마침 암살자가 저격용 총을 조립하고 있는 것을 목격했기에 보스를 구하게 된 것으로 보였습니다."

"좋아! 뭐 그 문제는 그렇다고 치고 그러면 암살자에 대한 문제는 어찌 되었지?"

"조사 결과 우선 보스를 노린 인물은 조직의 인물로 카트만 보스였습니다."

"뭐? 카트만이라고?"

수하의 입에서 카트만이라는 이름이 나오자 바트얀은 얼굴이 일그러지고 말았다.

카트만은 자신과 같은 조직에 속해 있으면서도 평소 이권이 겹쳐 사이가 좋지 않았던 자였기 때문이었다.

지금 자신이 하고 있는 일을 무사히 마치게 되면 카트만의 위치가 지금과는 달라지기 때문에 자신을 암살하려고 하였던 모양이었다.

하지만 암살자의 말만으로 카트만과 전쟁을 벌일 수는 없었다.

"암살자의 말 말고 카트만이 지시했다는 증거는 있는가?"

"예, 놈의 핸드폰을 조사하니 카트만 보스의 심복이 사용하는 연락처가 추적되었습니다. 그리고 또 하나. 놈이 이번 일을 하면서 착수금으로 받은 돈이 바로 카트만 보스가 운영하는 사업체에서 지급이 된 것으로 보입니다."

"흠, 그렇단 말이지. 그 정도면 충분히 상부에 보고를 해도 되겠네. 당장 증거를 본부에 대보스님께 보내도록 해라. 나도 지금 바로 전화를 할 생각이니 말이다."

"알겠습니다. 보스."

바트얀은 바로 레드 마피아의 총보스에게 전화를 걸었다.

레드 마피아의 총보스는 마피아 군단을 기느리는 잔혹한 인물이기는 했지만 과거 군사 정치에서도 살아난 인물로 과거 구소련의 KGB에 속해 있던 거물급 인사였다.

드드드드.

―누군가?

"총보스, 저 바트얀입니다. 보고 드릴 것이 있어 급히 연락을 드렸습니다."

―보고를 할 것이 있다고?

"예, 그렇습니다."

바트얀은 자신이 당한 일을 그대로 총보스에게 보고했다.

아직 눈으로 확인한 것은 아니었지만 증거마저 잡았다고 하니 총보스는 깜짝 놀라 불같이 화를 냈다.

"아니! 이 미친놈이! 무슨 짓을 하고 다니는 거야! 여기 일은 내가 알아서 처리를 할 것이니 그쪽의 일을 최대한 빨리 정리하고 돌아와라."

"저기 보스 한 가지 부탁이 있습니다. 사실 이번 일에 관해 다른 이야기를 할 것이 있습니다."

바트얀은 상수가 자신의 목숨을 구해주었는데 그 신분이 바로 카베인의 이사였고 이번 계약에 가장 강력한 회사라는 말을 해주었다.

그러면서 자신의 목숨을 구해주었기에 무언가 자신도 은혜를 갚아야 하는 입장이라는 것을 그대로 말해주었다.

한참 이야기를 듣고 있던 총보스는 바트얀의 입장을 충분히 이해했다.

계약을 해야 하는 입장인데 적의 회사라 할 수 있는 카베인의 이사가 목숨을 구해주었으니 입장이 난처할 수밖에 없는 일이었다.

─너의 목숨을 구해주었다면 우리의 법칙대로 그를 친구로 대하도록 해라.

총보스의 입에서 친구로 대하라는 말이 떨어지자 바트얀은 입가에 미소를 지을 수가 있었다.

"감사합니다. 총보스."

─이번 일은 바트얀의 잘못이 아니고 카트만이 벌인 짓이니 그에 따른 손해는 그놈이 져야 할 것이다. 그러니 너는 편하게 그를 우리 마피아의 친구로 대하도록 해라.

"보스의 은혜에 감사를 드립니다."

마피아의 친구라는 말은 상당히 대단한 위치를 말하는 것이었다.

일단 마피아 조직으로부터 친구라는 칭호를 얻게 되면, 마피아가 있는 모든 지역에서 마피아들의 전폭적인 도움을 받을 수가 있었다.

그리고 또 하나, 가장 중요한 것은 바로 친구가 하는 일은 마피아가 절대 손을 대지 않는다는 것이다.

전국을 따지면 일개 지역 정도는 충분히 친구를 위해 도움을 줄 수가 있었기 때문이었다.

바트얀은 아주 기분 좋은 미소를 지었다.

우연으로 인해 자신은 목숨을 구할 수가 있었고 그로 인해 골치가 아팠는데 이제는 그러지 않아도 되었기 때문이었다.

마피아의 친구인 상수가 하는 일에 도움을 줄 수가 있었기 때문이다.

"하하하, 이제 은혜를 갚을 수가 있게 되었으니 나도 마음이 편해지는구나."

바트얀은 그렇게 중얼거리고 있었다.

한편 차를 타고 다시 호텔로 향하는 상수는 마피아들이 과연 어떤 결정을 내릴지 궁금했다. 하지만 최소한 이번 일로 마피아와는 그렇게 나쁘지 않은 사이가 되었기에 도움은 될 것으로 생각했다.

호텔 앞에 도착을 하자 차는 멈추었고 상수는 아주 정중한 대접을 받으며 내리게 되었다.

"수고했어요."

"예, 들어가십시오."

상수는 차에서 내려 안으로 들어갔다.

이들은 상수가 들어가는 것을 확인하고는 돌아갔다.

상수는 방으로 가다 로버트 이사가 자신의 방문 앞에서 서성이고 있는 것을 보게 되었다.

"아니, 거기서 무엇을 하십니까?"

상수가 방 안에 있는 것이 아니라 밖에서 오자 로버트는 놀란 얼굴을 하며 상수를 보았다.

"아니 정 이사는 지금 어디를 갔다 오시는 길입니까?"

"예, 어제 나가서 지금 오는 길입니다. 아는 이들이 있어 잠시 보고 오는 길입니다."

정상수가 한국인이라는 사실을 알고 있는 로버트는 아마도 여기에 살고 있는 교민들 중에 누군가를 알고 있기에 가서 만나고 오는 것으로 오해를 하였다.

"아, 그렇군요. 사실 정 이사에게 하고 싶은 말이 있어 망설이고 있었습니다. 안으로 들어가서 이야기를 좀 하였으면 합니다."

상수는 로버트가 자신에게 하고 싶은 말이 대강 어떤 것인지 짐작이 갔기에 바로 수락을 했다.

"그러면 안으로 들어가시지요."

상수가 먼저 문을 열고 안으로 들어가자 로버트도 따라 안으로 들어왔다.

상수가 먼저 안에 들어와 의자에 앉았다. 로버트는 그런 상수를 보며 힘들게 입을 열었다.

"정 이사, 사실은 이번 일 때문에 문제가 생겨서 부탁을 하고 싶어서 오게 된 겁니다."

"말씀해 보세요. 저도 도움이 된다면 도움을 드릴 용의는 있습니다."

상수가 자신의 말에 바로 도움을 주겠다고 하니 로버트는 얼굴이 바로 밝아지고 있었다.

"정말 고맙습니다. 다름이 아니라 말이오……."

로버트는 이번 일로 인해 피터슨 회장의 분노를 사게 되었고 피터슨은 이번 사건으로 로버트가 귀국을 하면 바로 사표를 받기로 하였던 모양이다.

로버트는 이번 계약이 성사가 되면 조금은 용서를 받을 수가 있을지도 모른다는 생각이었는데 초장부터 문제가 생긴 것이다.

그래서 많은 생각을 하게 되었고 그 대상이 바로 상수였다.

지금 현재 피터슨 회장이 가장 믿음을 보여주는 인물이 바로 상수였기 때문이었다.

상수가 좋게 말을 해주게 되면 자신이 비록 죄를 지은 것은 있지만 그래도 조금은 용서를 받을 수도 있다는 생각이 들어서였다.

상수는 로버트의 이야기를 모두 듣고는 고민이 되었다.

"로버트 이사님, 제가 회장님께 아무리 좋게 해명을 한다고 해도 과연 이번 일이 무사히 넘어가겠습니까?"

"저는 진심으로 정 이사님이라면 가능하다는 생각이 듭니다. 이번에만 저를 도와주십시오. 이렇게 간절히 원합니다."

로버트는 처음 출발할 때와는 완전히 다른 사람이 되어 있었다.

상수와는 아무런 관계가 없는 일이었지만 상수는 로버트의 말을 들으면서 한 가지가 마음에 걸렸다.

바로 가족들에 관한 이야기였다.

로버트는 아내와 가족들이 있는 집안의 가장이었고 그런 가장이 직장을 떠나게 되면 아마도 집안이 힘들어지게 될 것은 당연한 결과였기에 그 부분이 마음에 걸렸다.

"로버트 이사님이 그렇게 말씀을 하시니 저도 최선을 다해 도움을 드리겠지만 솔직히 자신이 없습니다."

상수는 아직 회장을 만나지는 않았지만 솔직히 자신이 나선다고 해서 해결이 될지는 장담하지 못하는 일이었기에 조금은 발을 빼고 있었다.

"그 말이면 되었습니다. 저도 정 이사님이 최선을 다했지만 결과가 나쁘게 나온다고 해도 정 이사님을 원망하거나 하지는 않을 겁니다."

로버트는 진심으로 그렇게 생각을 하고 있었다.

이제 자신은 이사직을 그만두고 나간다고 해도 상수가 잘못한 일은 없었기 때문에 상수를 원망하는 일은 하지 않을 생각이었다.

이 모든 일은 자신이 못나 일어난 일이었기 때문이다.

"알겠습니다. 그렇게 말을 하시니 저도 최선을 다해 도움을 드리도록 하겠습니다. 하지만 우선은 이번 계약이 먼저입니다. 계약을 성공해야 가서 할 이야기라도 있지만 만약에 계약을 하지 못하게 되면 저도 아무런 도움을 드릴 수가 없을 것 같습니다."

상수의 말대로 만약에 계약이 성사가 되지 않으면 이는 로버트의 입장에서도 더 이상 어떻게 할 수 있는 방법이 없었다. 상수가 하는 말이 비록 섭섭하기는 하지만 자신으로 인해 계약도 하지 못하게 되었기 때문에 상수에게 뭐라 할 수가 없는 입장이었다.

이번 비리에 가장 먼저 걸린 회사가 바로 카베인이었고 그나마 상수가 손을 조금 쓰는 바람에 계약을 할 수 있는 자격이 남아 있었던 것이기 때문이었다.

"감사합니다. 저도 이번 계약에 최대한 협조를 하겠습니다."

로버트는 그렇게 말을 하고 돌아갔다.

상수는 그런 로버트를 생각하면 마음이 그리 좋지는 않았다.

자신 때문은 아니지만 자신을 경계하는 바람에 자신의 능력이 아닌 뇌물을 주는 방향을 잡게 되었고, 그래서 이런 결과가 나오게 되었기 때문이다.

결국 자신이 이번 출장에 합류하는 바람에 이런 결과가 나오게 되었다고 보아도 무방하였다.

상수는 그런 마음을 털기라도 하려는지 머리를 흔들었다.

똑똑.

상수는 갑자기 노크 소리가 들리자 바로 문이 있는 곳으로 갔다.

밖에 있는 인물은 바로 깁슨이었다.

"이사님, 말씀하신 그 동양인에 대한 조사를 마쳤습니다."

"그래요? 들어오세요."

상수는 깁슨을 안으로 데리고 들어갔다.

깁슨이 준 서류를 확인해 보니 한국계 인물로 보였던 이는 자신의 생각대로 고려인이었고 제법 상당한 능력을 가지고 있는 인물이었다.

하지만 문제는 그런 인물이기는 했지만 아직도 자신의 능력을 키워줄 인물을 만나지 못해 저러고 있는 것 같아 보였다.

"차도르 3세라고 하는 인물은 어떻습니까? 그의 주변이 말입니다."

"차도르 3세는 개인적인 능력이 상당한 인물입니다. 그의 가족은 부모님이 살아 있고, 형제는 삼남 일녀 중에 둘째입니다. 그를 평하는 사람들이 말하기를 어린 시절부터 재능이 있었지만 이를 키워주지 못해 지금 저러고 있다는 말을 할 정도로 재능이 뛰어난 인물이었습니다."

"흠, 그래요?"

상수는 차도르 3세라는 남자의 프로필을 보며 한참을 고민하게 되었다.

아무래도 이번 계약을 하게 되면 어차피 이곳 정부와 한동안은 일을 함께해야 한다.

때문에 정부의 인물 중 가능하면 자신에게 호의를 가지고 있는 인물과 함께하는 게 자신에게도 도움이 되고 회사에도 도움이 되기 때문이었다.

"저기… 이사님. 그런데 그 차도르 3세라는 남자에게 이상한 이야기가 돌고 있다고 합니다."

"이상한 이야기라고요? 그게 무슨 말입니까?"

상수는 이상한 이야기라고 하니 궁금증이 생겼다.

가뜩이나 관심이 가는 인물이었기에 더욱 호기심이 강하게 느껴지고 있었다.

"차도르 3세는 여기 태생이 아니고 한국에서 입양이 된 사람이라는 말이 조심스럽게 돌고 있습니다."

상수는 입양이라는 말을 듣고는 깜짝 놀라고 말았다.

한국에서 여기로 입양이 되었다는 것도 그렇고 그런 이가 어떻게 고려인의 집안으로 입양이 되었는지 궁금해서였다.

"입양이 되었으면 주변에 있는 이들이 모두 알지 않겠어요? 그런데 그런 말이 조심스럽게 나오는 것을 보면 아닐 수도 있다는 말인가요?"

"그게 저도 이상해서 조사를 해보았는데 차도르 3세의 어머니는 실질적으로 임신을 하였다고 합니다. 당시에 이를 눈으로 목격한 이가 많았다고 합니다."

"그런데 그런 얘기가 돈단 말인가?"

"네. 그런데 차도르 3세의 외모가 점점 커가면서는 다른 얼굴을 가지게 되었기 때문에 입양이라는 말이 돌고 있는 모양입니다."

상수는 이야기를 들으며 그 엄마라는 존재가 모든 이의 눈을 속였을 수도 있다는 생각이 들었다.

한국에서도 입양을 하기 전에 아이를 임신한 흉내를 내고 아이를 입양하는 경우가 종종 있었기 때문이다.

여기라고 한국과 다르지는 않았을 것이라는 생각이 문득 들었다.

'흠, 차도르 3세가 정말 입양이 된 자라면 나에게 그렇게 호의적인 미소를 지은 이유도 짐작이 갈 것 같네.'

상수는 자신이 한국인이라는 사실을 이미 알고 있기에 그런 묘한 분위기를 풍겼다고 판단이 되었다.

"이제 그에 대한 조사는 그만두어도 될 것 같으니 이쯤에서 마무리하고 앞으로는 에베로에 대한 조사를 좀 해보세요. 그자의 윗선이 누구인지를 먼저 알아보세요."

깁슨은 상수의 지시에 자신이 하고 싶었던 일을 하게 되어 기쁘다는 표정을 지었다.

"알겠습니다. 바로 조사를 하여 세부적인 보고를 드리겠습니다. 이사님."

깁슨은 그렇게 말을 하고는 바로 나갔다.

에베로의 조사는 이미 진행이 되고 있었지만 아직은 상수가 지시를 한 내용에 대해서는 조사를 하지 않았기 때문에 시간이 촉박하다고 생각이 들어서 빠르게 나가게 되었다.

상수는 깁슨에게는 조사를 시키고 자신이 정말 필요한

정보는 따로 모으고 있었다.

아직 마피아와는 어떻게 해야 할지를 결정하지 못했기 때문에 상수도 최대한 정보를 다양하게 모은 다음에 마피아가 움직이는 것을 보고 결정을 내릴 생각이었다.

"저들이 과연 어떻게 할지는 나도 장담을 하지 못하니 우선은 지금 할 수 있는 것을 할 수밖에."

상수는 그렇게 생각을 하고 마피아에 대한 것을 하나하나 정리하고 있었다.

"음, 그래도 저들의 보스를 구해줬으니… 기다려 보는 것이 좋겠다. 이번 계약은 회사의 입장도 있지만 나에게도 상당히 중요하니… 이대로 포기를 할 수는 없는 일이니 말이다."

그렇게 상수는 차분히 앞으로의 일을 정리했다.

제7장 마피아의 친구

"카트만이 직접 지시를 한 것이냐?"

"저는 카트만이라는 자가 누구인지 모릅니다."

암살자의 말에 비트얀은 고개를 끄덕였다.

암살을 하는 놈이 카트만의 직접적인 지시를 받을 수는 없는 일이었다.

아마도 누군가가 중간에 개입이 되어 지시를 하였다고 판단이 되었다.

이미 카트만의 조직에 대한 이야기는 총보스에게 모두 이야기를 하였고 총보스의 입에서 정리를 하겠다는 답을 들은 상태였다.

때문에 이제는 정말로 암살자가 카트만에게 지시를 받았는지 여부는 중요하지 않았다.

총보스가 자신의 의견을 받아들였고, 정리를 한다는 게 중요하다.

하지만 마지막으로 자신의 귀로 확인을 하고 싶어 이렇게 암살자와 마주하고 있는 중이었다.

"그러면… 너에게 지시를 내린 놈은 누구냐?"

"저에게 지시를 한 이는 체르니였습니다."

"체르니? 처음 들어보는 인물인데. 그러면 이번 암살을 지시하면서 너에게 길을 알려준 놈은 누구냐?"

지금까지 곧장 대답을 하던 암살자가 이 질문에는 바로 대답을 하지 못하고 있었다.

이번 질문은 바로 배신자를 말하라는 뜻이기 때문이었다.

하지만 비트얀은 이미 배신자가 누구인지를 알고 있었다.

이는 암살자의 핸드폰에 번호가 저장이 되어 있었기 때문이었다.

단지 확인 절차상 암살자의 입으로 직접 듣고 싶어 묻는 중이었다.

"아직 매가 부족한 모양이군, 다음에는 질문에 바로 답변이 나오게 해주어라."

"예! 보스!"

비트얀이 나가고 잠시 후에 그 안에는 엄청난 비명이 들리기 시작했다.

그러나 그 비명에 누구 하나 신경을 쓰는 이는 보이지 않았다.

그리고 비트얀은 지금 다른 방으로 가고 있었다.

거기에는 자신을 배신하고 카트만에게 협조를 한 수하가 있었기 때문이다.

삐이익!

철문이 듣기 싫은 소리를 내며 열렸고 그 안에는 피투성이의 남자가 쓰러져 있었다.

얼마나 지독하게 고문을 당했는지 형체를 알아보기 힘들 정도로 피투성이였다.

"나프리, 나를 배신한 이유가 무엇이냐? 내가 너에게 무엇을 못 해주어 배신을 한 것이냐?"

비트얀은 사실 레드 마피아 보스들 중에서는 드물게 수하들에게 인심이 후한 보스였다.

자신이 밑바닥에서 올라와 지금 이 자리를 얻었기에 행한 것이었는데 이런 배신을 당하게 되자 몹시 기분이 상해 있었다.

"용… 서를 보스……."

남자는 신음 소리를 내며 용서를 빌고 있었다.

하지만 이미 마음이 상해 있는 비트얀의 마음에는 수하에 대한 자비가 사라지고 없었다.

"나를 배신하고 용서를 바라지 마라. 내가 어떤 사람인지 알면서 그런 소리가 나올 수 있다는 것이 이상하구나. 놈을 죽이고 그의 가족도 모조리 죽여라. 놈과 관계가 있는 자는 모두 죽여라."

비트얀의 지시가 떨어지자 수하들은 크게 대답을 하였다.

"알겠습니다. 보스."

그 한마디에 남자는 고통 속에서도 억울한 눈빛을 하고 있었다.

아마도 무언가 사정이 있는 모양이었지만 비트얀은 그런 사정에 대해서는 생각하고 싶지도 않았다.

가장 중요한 것은 자신을 배신하였다는 것이고, 그로 인해 자신이 죽을 수도 있었다는 것이 무엇보다도 중요했기 때문이다.

비트얀은 모든 일을 마무리하고는 다시 방으로 돌아왔다.

그런 비트얀의 옆에는 상당한 덩치를 가진 남자가 기다리고 있었다.

"어서 오십시오. 보스."

"그래, 알아보았나?"

"예, 카베인은 저번 뇌물 사건에 연류가 되어 사실상 이번 계약을 성사하기에는 좀 힘든 상황이었습니다."

비트얀도 어느 정도는 알고 있는 내용이었다.

하지만 정부의 방침상 카베인은 이미 계약과는 거리가 멀어져 있다는 보고를 들으니 마음이 편치 않았다.

자신들이야 이미 고위 관계자와 이야기를 마치고 온 것이기 때문에 문제가 없었지만 말이다.

"우리가 도움을 주면 계약을 할 수는 있는 것이냐?"

"보스, 우리 레드 마피아는 여기서는 감히 대적을 할 사람이 없습니다. 카자흐스탄에도 우리 레드 마피아의 일원들이 있습니다. 그들은 보스의 명령이라면 죽음도 불사하고 반항을 할 것입니다."

수하의 믿음직한 발언에 바트얀은 기분이 좋아졌지만 그래도 기분과 일은 달랐다.

"그러면 그 카베인의 정상수 이사가 이번 계약을 딸 수 있도록 도와줘라."

"하지만… 보스."

"그만! 그는 우리 마피아의 친구다. 그렇게 알고 조치를 취해라. 이는 내가 아닌 총보스의 지시다."

"......!"

총보스라는 말에 남자는 놀란 얼굴을 하고 말았다.

총보스가 마피아의 친구라는 말을 하였다면 이는 레드 마피아에서는 최고의 귀빈이 되기 때문이었다.

친구도 급이 있는데 보스 급의 친구와 일반 조직원의 친구로 나누어진다.

하지만 가장 급수가 높은 것은 바로 총보스의 친구였는데 지금 그런 가장 귀한 손님이 나타났기 때문이었다.

"헉! 총보스의 친구 선언입니까?"

"그렇다. 그러니 이번 계약은 우리가 포기한다. 이는 총보스의 지시이니 무슨 일이 있어도 지켜져야 할 것이다. 알겠나."

"예, 알겠습니다. 보스."

비트얀은 수하들이 하는 대답에 고개를 끄덕이며 안으로 들어갔다.

이제 상수에게 연락을 하기만 하면 되는 일이었지만 바트얀은 완전하게 처리를 하고 상수에게 이야기를 하려고 하였다.

상수는 아직 그런 사실을 모르기 때문에 계약에 대해 신경을 쓰고 있었고 말이다.

*　　　*　　　*

미국에 있는 카베인 본사의 회의장.

꽝!

"아니 그게 말이 되는 소리야!"

"그렇다고 아직 탈락한 것은 아닙니다……."

"그래서! 그럼 자네가 계약을 성사시킬 수 있다는 말인가!"

피터슨 회장의 노화에 회의에 참석한 임원진은 모두 꿀먹은 벙어리가 됐다.

피터슨 회장의 말은 계속됐다.

"뇌물 때문에! 뇌물 때문에 이번 계약에서 떨어진다는 것이 말이 된다고 생각하는가!"

"회장님! 정부에서 정식으로 발표하기를 뇌물을 주거나 받은 이는 절대 계약을 할 수가 없다고 이미 발표를 하였습니다. 그리고 우리 회사의 계약 책임자로 있는 로버트 이사의 이름이 이미 알려져 있고 말입니다. 아마도 이번 공사는 힘들 것 같습니다."

피터슨 회장의 화를 돋우는 말이다. 부회장 측의 사람으로 이곳에 있는 사람들이 다 들으라고 하는 말이다.

피터슨 회장도 거기에는 별다른 말을 못하고 화만 삭이고 있었다.

"이 미친놈은 거기서 도대체 무슨 짓을 하고 다닌 거야? 자신의 능력으로 계약을 할 생각은 하지 않고 뇌물을 주어 계약을 하면 도대체 영업을 왜 배우는 거야?"

피터슨 회장은 진심으로 화가 나서 미칠 것만 같은 기분이었다.

이번 계약을 완수해야 부회장이 지금 거의 마무리가 되어 가는 계약과 비교가 되어 더욱 확실하게 자리를 잡을 수가 있었다.

그런 일을 오히려 가서 방해만 하였다고 생각이 들어 화를 내지 않을 수가 없었다.

만약 부회장이 이 자리에 있었다면 자신의 맞은편에 앉아 웃음을 짓고 있을 거라는 생각이 드니 더 울화통이 터졌다.

"로버트 이사도 최선을 다해서 하려고 하다 보니 그렇게 된 것 같습니다. 회장님."

역시 부회장 측의 임원 말이다.

"그걸 지금 말이라고 하는 건가? 가서 뇌물을 주어 공사 계약을 망치게 한 일이 최선이면 누구라도 할 수 있겠네.

이번에 돌아오면 로버트는 이번에 확실하게 그만두게 할 생각이니 모두 그렇게 알고 있도록."

피터슨 회장이 화를 내며 일방적인 발언을 하고는 나가 버렸다.

피터슨 회장은 이번 계약에 대해 엄청난 기대를 하고 있었는데 그런 계약을 망쳐버렸으니 로버트를 좋게 생각할 수가 없었다.

상수를 보낸 이유가 사라졌기 때문이었다.

피터슨은 로버트가 상수를 견제하기 위해 뇌물을 먹였다고 생각하고 있었다.

그에 대한 보고를 따로 받지는 않았지만 이미 그 정도는 충분히 예상을 하고 있었다.

문제는 그 한 번으로 인해 회사에 막대한 타격을 주었다는 것이다.

이는 가볍게 생각할 수가 없게 되었다는 점이었다.

그렇다면 누군가가 책임을 져야 하기 때문에 피터슨은 그 책임을 로버트가 져야 한다는 생각을 하고 있었다.

"괘씸한 놈, 그놈의 질투 때문에 앞뒤를 가리지 못하는 놈이 무슨 능력이 있다고 그 자리에 앉아 있는 거야?"

피터슨은 자신의 사무실로 돌아와서도 분이 풀리지 않는지 로버트를 욕하고 있었다.

그러고 있을 때 전화가 왔다.

"회장님! 부회장에게 전화가 걸려왔습니다."

피터슨은 부회장에게 전화가 왔다는 소리에 계약을 하였다는 것을 직감적으로 느꼈다.

우선은 저들에게 약점을 잡히지 않으려면 자신이 침착하게 행동을 해야 한다는 것을 알고 있었다.

피터슨은 마음을 진정시키기 위해 심호흡을 크게 하였다.

"후욱, 후욱."

약간의 시간이 지나자 어느 정도는 진정이 되었는지 피터슨이 전화기를 들었다.

"날세. 어찌 되었나?"

―기뻐하십시오. 저희가 이번 계약을 따냈습니다. 회장님.

피터슨은 부회장의 말에 또 화가 치밀어 올랐지만 진정을 시키고 대답을 해주었다.

"수고했네. 그에 대한 이야기는 돌아와서 하기로 하고 이만 끊겠네."

피터슨은 수화기를 내려놓자 바로 고함을 질렀다.

"으아아아, 이 미친놈을 어떻게 해야 하는 거야!"

피터슨은 그렇게 화를 풀려고 하였지만 쉽사리 풀리지가

않았다.

그날 카베인 본사의 회장실에서는 괴성이 울려 퍼졌고 그 덕분에 회사의 간부들은 긴장을 하게 되었지만 말이다.

제8장 계약을 하다

상수는 마피아에 대해 다각도로 조사를 하고 있었지만 아직은 저들이 어떻게 움직일 것인지에 대한 윤곽을 잡지 못하고 있었다.

　그러다 보니 대책도, 계약에 관한 것도 구체적인 방향을 잡지 못하고 있었다.

　덕분에 깁슨은 아주 신나게 에베로에 대한 조사를 하고 있었고 말이다.

　지금 이곳 카자흐스탄에 파견 나온 카베인의 직원들은 말 그대로 살얼음판을 걷는 듯 긴장되고 조심스러운 분위기 속에 있었다.

이곳 현지에서는 이미 계약이 힘들다고 하는 분위기가 만들어지고 있었고, 더구나 그 이유가 정당한 경쟁이 아니라 뇌물 사건이었기 때문이었다.

직원들은 이번 계약에 가장 파탄을 던진 로버트 이사를 두고 자기들끼리 수군거리고 있었다.

"이번 뇌물 사건 때문에 우리 회사는 공사 계약에서 제외를 한다는 말이 있던데 이대로 가면 우리 그냥 공치고 가야 하는 거야?"

"나도 이번 건에는 정 이사님이 같이 와서 잔뜩 기대를 하고 있었는데 말이야. 로버트 이사님이 그런 대형 사고를 칠지는 생각도 못했어."

이들은 상수가 특수부에 상당한 보너스를 타게 해주었기 때문에 자신들도 이번 계약을 성사하고 보너스를 받을 것이라고 생각하고 있었다.

그런데 시작도 하기 전에 그런 희망이 사라지니 사기가 저하될 수밖에 없었다.

그리고 그 원흉인 로버트에 대한 평판이 최악인 것은 당연했다.

멀리 출장까지 와서 이들이 기대를 한 것은 돌아가면 자신들도 보너스를 탈 수 있다는 희망이었는데 그 희망이 사라지게 되었으니 이들이 로버트를 좋게 생각할 수가 없었던 것이다.

출장을 나온 직원들에게 이런 불만이 생기게 되자 상수도 그냥 있을 수는 없게 되었다.

"지금 로버트 이사님 때문에 직원들의 불만이 커지고 있습니다. 이사님."

"그 불만이라는 것이 보너스 때문인가요?"

"그렇습니다. 이사님이 특수부직원들에게 보너스를 타게 해주었기 때문에 이번 출장에 지원을 한 직원도 있습니다."

상수는 말을 들으면서 속으로 정말 어이가 없다는 생각이 들었다.

특수부야 당연히 자신이 챙겨야 하는 것이니 보너스를 받았지만 이들은 그렇지가 않았기 때문이었다.

그렇다고 타박을 하기에도 문제가 있었다. 직장인이 성과금을 기대하는 게 잘못은 아니기 때문이었다.

그때 상수의 핸드폰이 울렸다.

드드드드.

핸드폰을 보니 모르는 번호였지만 우선은 받았다.

"여보세요?"

─정상수 이사님이십니까?

그 안에서는 러시아 언어가 들렸다.

상수는 마피아라는 것을 직감적으로 알 수가 있었다.

"그렇습니다. 누구십니까?"

―저는 바트얀 보스를 수행하는 알렉스라고 합니다. 오늘 시간이 되시면 이쪽으로 오셨으면 해서 연락을 드렸습니다. 저희 보스께서 정중하게 초대를 하셨습니다.

상대의 말을 들으며 마피아가 내부적인 결정을 했다는 것을 느낄 수가 있었다.

상수는 잠시 침묵을 하다가 입을 열었다.

"오늘 시간을 내야 하는 겁니까?"

―아니, 시간이 없으시면 다음에 하셔도 상관이 없습니다.

상대에 대한 배려를 한다고 그러는 것으로 보였다.

상수는 그런 상대에게 오늘 자신이 특별히 할 일도 없었기에 그냥 바로 수락을 하고 말았다.

"아닙니다. 오늘 가기로 하지요. 언제 가면 되겠습니까?"

―시간은 정 이사님이 편하신 시간을 말씀해 주시면 저희가 차를 보내겠습니다.

"그러면 오후 5시가 가장 좋을 것 같습니다."

―알겠습니다. 그 시간에 맞춰 차를 보낼 테니 그 차를 타고 오시면 됩니다.

"그렇게 하지요."

상수의 대답으로 전화는 끊어졌지만 상수는 수화기를 들고 생각에 잠겼다.

"분명 나쁜 일은 아닌 텐데… 도대체 속을 알 수가 없단 말이야."

상수는 혼자 그렇게 중얼거렸다.

하지만 상수는 그런 마피아가 자신도 생각지 못한 선물을 줄 것이라고는 상상도 못하고 있었다.

오후가 되자 상수가 묵고 있는 호텔로 차량이 다가오고 있었다.

상수는 이미 초대를 받았기에 정장을 입고 기다리고 있었다.

차는 그런 상수의 앞에 멈췄고 문이 열리며 전에 보았던 남자가 내리고 있었다.

"죄송합니다. 제가 늦어서 기다리게 하였습니다."

"아닙니다. 지금 정각인데 늦은 것은 아니지요."

상수는 정말 딱 정각에 도착을 하였기에 하는 소리였다.

남자는 그런 상수를 보며 아주 정중하게 차문을 열어주었다.

"여기에 타십시오."

"고맙습니다. 매번 신세를 지네요."

"아닙니다. 저희가 당연히 해야 하는 일이니 신경 쓰지 마시고 타십시오."

상수는 남자의 말에 바로 차에 탔다.

상수가 타자 남자는 빠르게 자신의 자리로 가서 타고는 차는 조용히 이동을 하기 시작하였다.

그런데 이번에 가는 곳은 전과는 다른지 이동로가 조금 달라 보였다.

상수는 무슨 일이 있어도 자신 하나는 지킬 수 있는 힘이 있다는 생각을 하고 있어서인지 낯선 길을 가고 있음에도 전혀 걱정을 하는 얼굴이 아니었다.

그런 상수의 표정을 보고 있는 남자는 역시 총보스가 인정한 인물이라는 생각이 들었다.

'역시 우리 총보스께서 친구로 생각하는 인물이라 그런지 표정이 그저 담담하기만 하네. 남자라면 저런 면이 있어야지.'

상수의 속을 모르니 저렇게 생각하는 것이 정상이었다.

사실 상수도 자신에게 새로운 능력이 생기지 않았으면 지금 이러고 가지 않았을지도 모르는 일이었다.

아무 이유도 모른 채 마피아의 소굴로 들어가는데 긴장을 하지 않을 사람은 없으니 말이다.

다만 상수는 자신의 능력을 믿고 있으니 다른 이들과는

다르게 편한 마음으로 갈 수 있었기 때문에 타인의 눈에는 담담해 보였던 것이다.

시내를 벗어난 차량은 거대한 주택의 안으로 들어가고 있었다.

정문을 경비하는 이들이 있었지만 차량을 막지 않는 것을 보면 아마도 이미 알고 있거나 이야기를 해두었기 때문이라는 생각이 드는 상수였다.

'오늘 가는 곳은 지난번과는 다른 곳 같은데 러시아에선 마피아가 최고라는 말이 헛소문만은 아닌가 보군.'

상수는 마피아가 자신이 생각하는 것보다 더 대단하다는 생각을 했다.

총보스도 아닌 자가 이런 거대한 저택을 여러 채나 소유하고 있을 정도라면 러시아 마피아에 대한 생각을 수정해야 다시 해야 할 정도로 규모가 컸다.

정문을 지나서도 한참을 들어와 차가 멈췄다.

"여기서 내리시면 됩니다."

"예, 고맙습니다. 덕분에 아주 편하게 왔습니다."

상수는 그렇게 인사를 하고는 바로 내렸다.

이미 차가 멈추자 문을 열어주고 있었기 때문이다.

상수는 안내를 받아 안으로 들어가니 그 안에는 바트얀을 추종하는 간부들이 대거 몰려 있었다.

마피아라고 해서 모두 인상이 험악한 것은 아니었고 단지 그들의 기질이 일반인과는 조금 달랐기 때문에 위압감을 느끼게 되는데 상수에게는 전혀 통하지가 않는 방법이었다.

"하하하, 어서 오시오. 정 이사."

바트얀은 두 번째 보면서 이상하게 상수를 보며 친근한 모습을 보여주려고 하고 있었다.

상수도 눈치는 있기에 그런 바트얀이 무엇을 노리고 있다는 것을 알 수가 있었다.

그렇다면 그의 장단에 조금 놀아주는 것도 나쁘지 않았기에 상수는 입가에 부드러운 미소를 지으며 바트얀을 보며 대답을 했다.

"하하하, 바트얀 보스께서 불러주시는데 만사를 두고 와야지요. 우리가 보통 사이입니까."

상수의 대답에 바트얀은 역시 상수는 보통의 인물이 아니라는 것을 알 수가 있었다.

비록 자신들이 조사를 한 것과 조금 다르기는 하지만 자신의 생명을 구한 것은 사실이었다.

바트얀은 상수가 자신의 과한 인사에 답변을 하는 것을 보고는 눈치도 있고 성격도 대범하다는 것을 알았다.

물론 처음 인사를 할 때도 조금 상수에게 놀라기는 했지만 말이다.

"하하하, 그렇지 우리 사이가 보통의 사이는 아니지. 어서 오시오. 내가 오늘은 아주 친한 이들을 소개해 주고 싶어 오시라고 한 것이오."

바트얀은 그러면서 간부들을 상수에게 소개를 해주었다.

이들은 바트얀이 소개를 하는 상수가 이미 누구인지를 알기에 최대한 편하게 인사를 했다.

한참의 시간 동안 인사를 마친 상수는 바트얀과 나란히 이동을 하고 있었다.

인사를 하며 바트얀은 상수를 자세히 관찰을 하였는데 상수는 전혀 긴장을 하지 않고 담담하게 인사를 하고 있는 것을 보고는 진심으로 상수의 간이 크다고 인정을 하지 않을 수가 없었다.

바트얀은 결국 인사를 빠르게 마치고 자신의 서재로 상수를 데리고 가는 중이었다.

그 안에 상수에게 줄 선물이 기다리고 있었기 때문이다.

상수는 바트얀과 서재에 도착을 하자 그 안에는 한 남자가 두 사람을 기다리고 있었다.

"어서 오십시오. 카베인의 정상수 이사님. 저는 바트얀 보스의 밑에 있는 케모스라고 합니다."

남자는 상수에 대해 자세히 알고 있는지 아주 정중하게

인사를 하였다.

"아, 반갑습니다."

상수가 인사를 하고 나자 바트얀은 그런 상수와 함께 나란히 안으로 들어갔다.

서재는 말이 서재이지 그 크기가 장난이 아니었다.

서재 하나가 그냥 일반인의 집 크기였기 때문이었다.

자리에 앉게 되자 바트얀은 케모스를 보았다.

케모스는 고개를 끄덕이며 가방에서 서류봉투를 꺼내 상수에게 주었다.

"여기 서류를 확인해 보십시오."

상수는 주는 서류봉투를 받아 안에 있는 서류를 꺼내 확인을 해보았는데 그것은 바로 자신이 이번 카자흐스탄에 와서 하려고 하는 계약에 관한 내용이었다.

상수의 눈에는 금방 흥미를 느꼈기에 눈빛이 달라졌고 그런 상수를 보며 바트얀은 기분 좋은 미소를 지었다.

"정 이사가 보았겠지만 그 안에 있는 서류는 우리 마피아가 이번 카자흐스탄과 하게 될 계약들이오. 이미 우리와 이야기를 마쳤기 때문에 세계 어느 나라의 회사가 온다고 해도 그 계약을 할 수 없을 것이오."

상수는 바트얀이 계약에 대해서 아주 상세하게 이야기를 해주기 시작하자 조금은 의문스러운 눈빛을 하며 바트얀을 바라보았다.

"그러면 이미 이번 계약은 모두 성사가 된 상태에서 공지가 된 것이라는 말입니까?"

"아니, 그렇지는 않소. 하지만 우리와의 관계 때문에 이 나라에서 나오는 공사는 다른 회사에게 갈 확률이 그만큼 힘들다는 이야기요."

바트얀의 말에 따르면 카자흐스탄의 고위 공직자들은 모두 마피아와 연관이 있어서 공사를 한다 해도 그렇지 않은 회사는 아무리 로비를 해도 공사를 계약할 수가 없다는 이야기였다.

그리고 실질적으로 그렇게 하고 있었고 말이다.

상수는 자신이 카자흐스탄의 단편적인 정보만 알고 온 것이라는 생각이 들었다.

그리고 사우디의 요원들도 그런 내부적인 일들에 대해서는 알지 못했으니 상수가 알 방법이 없었다.

"그렇군요. 무슨 뜻인지를 충분히 이해를 하였습니다. 그런데 이 서류를 제게 보여주시는 이유는 무엇입니까?"

"하하하, 내가 정 이사에게 생명의 은혜를 입었는데 그런 상황에서 어떻게 그냥 넘어갈 수가 있겠소. 그래서 상부에 보고를 하여 이번 공사에 대한 것을 정 이사에게 넘기기로 하였기에 그 서류를 주는 것이오."

상수는 바트얀의 말에 깜짝 놀란 얼굴이 되었다.

한두 푼의 금액도 아니고 이런 엄청난 금액의 공사를 그냥 넘기겠다고 하니 놀라지 않을 수가 없는 일이었다.

"아니, 그게 정말입니까?"

"그렇습니다. 이미 계약에 필요한 절차는 저희가 모두 처리를 했기 때문에 문제가 되지 않을 겁니다. 그리고 또 한 가지가 더 있는데 바로 정상수님은 우리 마피아의 친구가 되셨습니다. 축하드립니다."

"친구요? 이미 전 보스의 친구입니다."

상수가 의아해하며 말하자 케모스는 상수가 아직 마피아의 친구라는 말이 무엇을 의미하는지 모른다고 생각했다.

그래서 마피아의 친구가 되면 무엇이 좋은지를 상수에게 아주 자세하게 설명을 하기 시작하였다.

케모스의 이야기를 들으면서 상수는 지금 자신이 꿈을 꾸고 있다는 생각이 들 정도였다.

앞으로 상수가 책임자로 이곳에 오게 되면 마피아는 전적으로 모든 계약을 상수에게 밀어주겠다는 이야기였기 때문이었다.

한참의 설명을 들은 상수는 아직도 어리벙병한 얼굴을 하며 바트얀을 바라보았다.

"하하하, 어째 믿어지지 않는 표정이오? 이것은 나의 생명을 구해준 보답이라고 생각하시오. 그리고 정 이사를 친구로 허락을 하신 건 우리 총보스이시니 나중에 총보스께 인사나 드리도록 하시오."

"그거야 당연한 일이지요. 이런 커다란 선물을 받았는데 가만히 있을 수는 없는 일이지요. 당연히 제가 인사를 드리러 가겠습니다."

상수는 이곳의 계약이 이렇게 순조롭게 해결이 될 것이라고는 정말 상상도 하지 못했는데 바트얀의 생명을 구해주는 바람에 뜻하지 않은 행운을 거머쥐게 되었다.

이제는 이번 계약만 있는 것이 아니라 다른 계약들도 줄줄이 남아 있었기 때문에 상수는 너무 기뻤다.

카베인의 입장에서는 정말 거저먹은 것이나 마찬가지였기에 상수는 머리를 굴리게 되었다.

이런 계약이라면 거저먹은 것이나 마찬가지였기에 그에 따른 이득을 상수가 가질 수가 있었다.

그리고 로비를 하기 위해 어느 정도는 자금을 지원을 해주기 때문에 상수는 그 로비 자금을 모두 자신이 가로채기로 마음을 먹었다.

'흠, 이번 계약으로 로비를 하라고 준비한 자금이 꽤 되는 것으로 아는데 그 자금을 모두 내가 가져야겠다. 마피아에게 준다고 하면 회사에서도 반대를 하지 못할 것이니 말

이야.'

상수는 갑자기 머리가 비상하게 돌아가고 있었다.

이득이 걸려 있으니 더욱 빠르게 머리가 돌아가는 상수였다.

"정 이사는 이제 우리 마피아의 친구이니 어디를 가도 마피아의 보호를 받을 수가 있소. 그리고 우리 마피아에게 도움을 요청할 수도 있고 말이오. 그러니 언제든지 일이 생기면 바로 연락을 하시오. 정 이사의 일이라면 내 만사를 제치고 달려가서 도와주겠소."

바트얀은 진심으로 상수에게 그렇게 말을 하고 있었다.

이는 바트얀이 그만큼 상수를 인정하고 있다는 말이었다.

케모스는 자신의 보스가 하는 말을 들으며 조금은 놀란 얼굴을 하였다.

지금까지 상대에게 저렇게 극찬을 하는 경우가 없었기 때문이었다.

자신의 보스는 공과 사를 확실하게 구분을 하는 인물이었고 항상 공평한 인물이었다.

하지만 만약에 배신을 하는 것이라면 엄청난 희생을 치러도 반드시 배신자를 응징해야 직성이 풀리는 과격하면서 잔인한 인물이기도 했다.

'보스가 인정하는 인물이라… 조금은 호기심이 생기게 하네.'

케모스는 그런 상수에게 호기심이 생겼지만 감히 보스의 앞에서는 그런 내색을 하지 않고 있었다.

상수는 이제 마파아의 총보스가 친구로 인정한 인물이었기 때문이다.

"그런 대우를 제가 받아도 되는지 모르겠습니다. 지금 계약만 해도 저는 너무 기뻐 지금도 꿈을 꾸고 있는 것 같은 기분입니다. 바트얀 보스."

"하하하, 이런 작은 계약에 놀라지 마시오. 앞으로는 더욱 큰 계약들이 있으니 말이오. 그리고 사실 우리는 광물을 캐는 일은 다른 업체를 선정하여 줄 생각이었소. 우리에게는 광물을 채취한 기술력이 없기 때문이오."

바트얀이 하는 말을 들으니 이들이 계약을 해도 결국 크게 남는 것은 없다는 말이었다.

여기저기 하청을 주게 되면 실질적으로 남는 것은 없었기 때문이었다.

하지만 카베인의 입장에서는 엄청난 이득을 남길 수 있는 계약이었기 때문에 상수는 그런 이득을 자신이 중간이 가질 수 있는 방법을 모색하게 되었다.

언제까지 카베인이 이리 눈치를 보고 있을 수는 없는 일이었기 때문이었다.

'만약에 마피아가 나에게 계약을 준다면 카베인이 남아 있을 이유가 없으니 이참에 내가 그냥 회사를 하나 만들까?'

상수는 조금 욕심이 생기고 있었다.

거대 회사의 이사도 좋지만 자신이 직접 운영하는 회사의 사장이라는 자리도 메리트가 있었기 때문이었다.

상수는 여러 가지 생각이 머릿속을 가득 채우고 있었지만 아직 결정을 내린 것은 없었다.

"마피아의 입장에서는 안타까운 일이군요. 기술력만 있으면 막대한 자금을 얻을 수 있는 계약인데 말입니다."

"하하하, 여기 말고도 사실 일은 많다오. 그리고 우리 마피아는 기술력이 부족하지만 러시아는 상당한 기술력을 가지고 있으니 오해는 하지 마시오."

하기는 러시아가 소련이었을 때는 전 세계에서 유일하게 미국과 맞짱을 먹은 나라였기에 상수도 인정하지 않을 수가 없었다.

그만큼 이들은 대단한 전력을 가지고 있는 나라였기 때문이었다.

지금 비록 러시아로 변하기는 했지만 그 전력이 사라진 것은 아니었고 이들도 핵을 개발하는 과학자가 많은 나라였기에 기술력은 금방 따라갈 수가 있다는 생각이 문득 들었다.

아직은 러시아의 기술력이 전쟁에만 특화된 기술이기 때문에 생산이나 기타 다른 쪽으로는 많은 부분에서 기술이 떨어지는 것은 사실이었다.

"제가 오해를 할 것이 무엇이 있습니까. 저는 개인적으로 이런 커다란 계약을 주셨기 때문에 솔직히 미안한 생각이 들어 하는 소리였습니다."

상수의 대답에 바트얀은 아주 흐뭇한 미소를 지었다.

상수와 대화를 하면 거짓말이 없었기 때문에 믿음이 가서였다.

물론 바트얀의 이런 생각도 상수의 몸에 흐르는 기운 때문이었지만 말이다.

"나는 정 이사와 같은 친구가 생겨 아주 기분이 좋소. 자, 이렇게 있을 게 아니라 이제 일을 마쳤으니 우리 나가서 기분 좋게 한잔 마셔 봅시다."

"저야 환영입니다. 제가 술은 가지고는 못 가도 마시고는 가는 체질입니다. 가시지요."

상수는 계약도 공짜로 얻었으니 기분 좋게 바트얀을 대하고 있었다.

그런 상수의 행동에 바트얀은 아주 호쾌한 웃음을 터뜨

렸다.

"하하하, 어디 가서 봅시다. 마시는지 아닌지를 금방 알수가 있으니 말이오."

그렇게 상수는 마피아의 인물들과 즐거운 분위기로 술을 마시게 되었지만 상수를 대적할 사람은 아무도 없었다.

바트얀은 상수가 엄청난 주량을 가지고 있는 것에 놀라지 않을 수가 없었다.

"아니, 도대체 그 체구에 그 많은 양이 어떻게 들어간다는 말이오?"

"하하하, 보스는 안 들어가도 저는 들어갑니다. 한잔 하시지요."

"어이구, 나는 그만 마시겠소. 더 이상 마셨다가는 세상이 빙빙 돌 것 같으니 말이오."

바트얀은 결국 상수가 한잔 더 하자는 소리에 꼬리를 내리고 말았다.

전통적으로 러시아 사람들은 술을 즐기기로 유명하다. 게다가 추운 날씨 덕분에 맥주 같은 건 술 취급도 하지 않고 남자고 여자고 죄다 보드카를 즐겨 마신다.

때문에 마피아 사람들도 주량이 상당했는데 그런 쟁쟁한 인물들과 마시면서도 상수는 아직도 멀쩡해 보였다.

상수는 기분 좋게 술을 마시고는 다시 돌아오고 있었다.

그런 상수의 품에는 바트얀에게 받은 계약을 하기 위한 서류들이 들어 있었다.

호텔로 돌아온 상수는 서류를 보며 절로 입가에 미소가 그려지고 있었다.

"하하하, 이거 마피아가 생각 이상으로 통이 크네."

상수는 계약에 대해 생각을 하면서 웃음이 나오지 않을 수가 없었다.

로버트가 지금 욕을 먹고 있는 이유가 바로 이 계약 때문 이었는데 이렇게 생각지도 못하게 계약을 하게 되었으니 말이다.

"그럼… 먼저 본사에 연락을 해서 최대한 많은 자금을 받 아내야겠다."

제9장 형제의 연

마음을 굳인 상수는 그렇게 생각을 하고는 바로 본사로 연락을 하였다.

본사는 지금도 피터슨 회장 때문에 그리 좋은 분위기가 아니었다.

이는 부회장이 계약을 성공하였기 때문이었다.

그때 전화가 왔다.

"회장님! 카자흐스탄에서 정상수 이사가 전화를 했습니다. 돌려드릴까요?"

피터슨은 상수가 전화를 했다는 소리에 혹시하는 마음에

재빠르게 대답을 했다.

"당장 돌리게."

"예, 회장님."

피터슨은 수화기를 보면서 불이 들어오기를 기다렸다가 불이 들어오자마자 재빠르게 눌렀다.

"정 이사인가?"

─예, 회장님. 정상수입니다.

"그래, 거기 사정이 좋지 않다는 이야기는 들었네. 하지만 자네가 보기에는 어떤가?"

상수는 지금 회장이 다급해 보이는 것을 알았다.

순간 기회라는 생각이 드는 상수였다.

─회장님, 지금 이곳은 상황이 복잡하게 되었습니다. 이미 이야기는 충분히 들으셨겠지만 뇌물로 인해 지금 우리 회사의 이미지가 아주 좋지 않게 소문이 나고 있어서 말입니다.

상수는 그렇게 말을 하고는 잠시 쉬었다.

피터슨 회장은 상수가 하는 말을 들으며 더욱 인상을 썼다.

기껏 생각해서 책임자로 만들어 주었더니 가서 하는 짓이 뇌물을 주어 회사의 이미지나 망가지게 하는 놈을 믿고 있었다는 것에 화가 나지 않을 수가 없었다.

"정 이사! 무슨 좋은 방법이 없겠는가?"

―회장님 사실은⋯ 저도 이곳에 와서 얻게 된 정보인데 말입니다.

상수는 그렇게 하면서 은근히 마피아에 대한 이야기를 피터슨 회장에게 흘리게 되었다.

카자흐스탄의 모든 계약이라고는 말을 하지 않았지만 이번 계약은 마피아가 개입이 되어 있어 그냥 있어도 계약을 하기가 힘든데 뇌물로 인해 이미지까지 나빠지는 바람에 더욱 힘들게 생겼다고 말이다.

하지만 한 가지 방법이 있다고 하면서 피터슨의 귀를 기울이게 하고 있었다.

"그래, 그 방법이 어떤 건가?"

―회장님 우리가 얻어야 하는 이득 중에 상당 부분을 포기를 하면 이번 계약을 얻을 수가 있지만 그렇지 않으면 힘들 것 같습니다. 저들을 아직 만나지는 않았지만 마피아가 원하는 것은 돈인 것 같습니다.

피터슨은 상수의 말을 듣고는 잠시 생각에 빠졌다.

이번 계약을 하면 사실 엄청난 이득이 생기겠지만 상수가 하는 말대로라면 계약은 하겠지만 자신이 생각한 것과는 많이 달라지기 때문이었다.

"정 이사, 내 생각을 해보고 연락을 주겠네. 늦어도 오늘 안에는 연락을 할 것이니 기다리고 있게."

―알겠습니다. 회장님.

상수는 그렇게 대답을 하면서도 이미 결정이 나 있는 문제라고 생각이 들었다.

아마도 회장이 저러는 이유는 부회장이 이번 계약을 성공하였기 때문이라는 생각이 들어서였다.

만약에 회장이 계약에 실패를 하고 부화장만 성공을 하게 되면 회장의 자리가 조금 밀리기 때문이었다.

아직은 회장의 세력이 강했지만 이번 일로 인해 서로 세력이 팽팽하게 될 수도 있었기 때문이었다.

물론 그런 상황을 이용하여 이득을 취하는 것이 나쁘다는 것은 충분히 알고 있었다.

상수도 카베인에 근무를 하면서 회사 내 파벌에 얽히는 것보다는 자신의 살길을 찾아야 했기 때문이다.

"회장과 부회장의 파워 게임에 내가 중간에 끼어서 고생을 할 필요는 없지 싸움은 저들이 하고 나는 중간에 이득만 챙기면 되지."

상수는 그렇게 생각을 하며 자신도 언젠가는 한국으로 돌아갈 생각을 하고 있었다.

어머니도 보고 싶고 한국의 음식들도 먹고 싶다는 생각이 간절하게 들어서였다.

그러다가 문득 생각이 난 것이 이번 계약을 성사하고 휴가를 얻어 한국으로 가는 것도 나쁘지 않다는 생각이 들었다.

"그 연구소를 조사하는 것도 중요하지만 그건 요원들에게 지시를 하고 나는 차라리 이번에 한국에 들어갔다 오자. 어머니도 보고 싶으니 말이야."

상수는 계약은 이미 성사가 되었기 때문에 다른 문제에 대해서는 걱정이 없었다.

이제는 피터슨 회장이 어떤 결정을 내릴 것인지를 기다리기만 하면 되었다.

한편 피터슨 회장은 상수의 보고를 듣고는 깊은 생각에 빠져들었다.

"흠……."

상수의 보고대로 이번 계약에 러시아의 마피아가 개입이 되어 있다면 계약도 힘들겠지만 설사 계약을 해도 진행에 대해 차질이 생길 만한 문제가 다분히 생길 수 있기 때문이었다.

그럴 바에야 상수의 말대로 돈을 주고 저들과 관계를 정리하는 것이 오히려 더 깔끔하기 때문에 고민이 되지 않을 수가 없었다.

"어떻게 하는 것이 가장 좋은 방법일까? 부회장 놈이 이번 계약에 성공을 하였으니 우리도 그냥 계약을 한 것으로 하는 것이 좋을까?"

피터슨 회장은 더욱 깊은 고민을 하게 되었다.

하지만 피터슨의 고민은 결국 답이 나와 있는 고민이었다.

*　　　*　　　*

결국 피터슨 회장은 상수의 의견에 따랐다. 그리고 상수는 이번 계약을 통해서 엄청난 이득을 얻게 되었다.

가장 첫 번째는 바로 이번 로비에 들어가는 자금을 통째로 자신이 가지게 되었다는 것과 그다음은 마피아의 도움을 언제든지 받을 수가 있게 되었다는 것이다.

그리고 마지막으로는 회사에서 성공 수당과 함께 한 달의 휴가를 얻어내었다는 것이다.

카자흐스탄에서는 카베인과 정식으로 계약을 하게 되었다.

그동안 카베인에 대한 뇌물 수수 건은 모두 유언비어로 경쟁자에 의한 허위 정보로 정부에서 공식적으로 발표를 하게 되었기에 더 이상 카베인에 대한 이상한 소문은 없어졌다.

그렇게 카베인은 정식으로 계약을 하게 되었고 출장을 온 이들은 어떻게 된 영문인지도 모른 채, 역시 정 이사님이라는 소리를 하며 환호를 하게 되었다.

"도대체 무슨 방법으로 계약을 한 것일까?"

하지만 카베인의 직원 중 상수의 지시를 직접 받았던 깁슨은 이번 계약의 성사에 대해 놀라워하면서도 의구심을 가지고 있었다.

"분명… 이사님이 따로 무언가를 하지는 않았었는데……."

깁슨은 상수의 지시로 수많은 일을 하였지만 정작 상수가 계약을 하게 된 것에 대해서는 아는 것이 없었다.

깁슨으로서는 아무리 생각을 해도 상수가 이번 계약을 하기 위한 움직임을 보이지 않았기에 도저히 이해를 하지 못하고 있었다.

"내가 모르는 게 있는 건가……."

깁슨이 살펴본 바로도 상수에게는 회사의 정보력 말고 외부의 조력자가 분명 있었다.

그렇지 않으면 자신이 알려 준 것 외에 카자흐스탄의 정보를 세세히 알 수 있을 리가 없다.

하지만 상수가 가진 힘과 인맥을 모르는 그로서는 그저

놀라울 뿐이었다.

"나도 이사님처럼 성공해야지."

상수는 다시 돌아가기 전에 자신에게 도움을 주었던 바트얀을 만나서 러시아 레드 마피아의 총보스를 만나려고 하였다.

물론 그전에 여기서 처리를 해야 하는 문제들이 남아 있기는 했지만 말이다.

"로버트 이사님, 이제 여기 남아서 남은 일을 정리를 해주셔야 하겠습니다. 이미 회장님에게 허락을 받은 것이니 이번에는 실수를 하지 마세요."

"정말 고맙습니다. 이 은혜는 잊지 않겠습니다."

로버트는 원래 카베인에서 그만두게 되었는데 이번 공사를 계약하면서 상수가 피터슨 회장에게 이야기를 하여 당분간은 유임을 하게 하였던 것이다.

이는 상수가 피터슨 회장과 단판을 지어 그렇게 된 것인데 자신도 한국으로 가고 싶었기에 로버트의 이야기를 부각시켜 이번 휴가를 얻을 수가 있었던 것이다.

카자흐스탄의 남은 일은 모두 로버트가 대신 처리를 하기로 하고, 자신은 러시아를 경유하여 한국으로 가려고 하였다.

이번 러시아로 가는 길은 공식적인 회사의 일이었는데 이는 마피아를 만나러 가는 길이기 때문에 피터슨도 그 부분에 대해서는 다른 말이 없었다.

"로버트 이사님만 믿고 저는 러시아로 가겠습니다."

"여기는 걱정을 하지 않아도 됩니다. 마피아 놈들은 위험한 놈들이니 러시아 가서는 조심하십시오."

로버트도 상수가 러시아를 가는 이유에 대해서는 알고 있었다.

이미 회장에게 지시를 받았기 때문이다.

상수는 그렇게 뒤를 정리하고는 조용히 러시아로 떠나게 되었다.

물론 혼자 가는 것이 아니라 마피아의 인물과 함께 가고 있는 중이었다.

바트얀은 모든 계약을 상수에게 주고는 바로 러시아로 돌아갔기에 상수는 지금 새로운 마피아 안내자와 함께 러시아로 가고 있는 중이었다.

러시아의 모스크바 공항에 도착한 상수를 마중 나온 인물이 있었다.

"하하하, 정 이사는 내가 보고 싶어 여기까지 따라온 것이오?"

"사실 보고 싶기도 하고 또 인사도 드릴 겸 해서 오게 되었습니다. 사람이 은혜를 입었으면 당연히 인사는 해야 하지 않습니까?"

"그렇지, 역시 내가 사람은 잘 본 것 같소. 자, 여기서 이럴 것이 아니라 갑시다."

"예, 바트얀 보스."

상수는 설마 자신을 마중 나온 이가 바트얀일 줄을 몰랐기에 깜짝 놀랐다.

그래서 최대한 예의를 지키고 있었다.

상수는 그렇게 바트얀과 함께 이동을 하였고 바트얀은 러시아에 있는 자신의 저택으로 상수를 데리고 갔다.

아직 총보스에게는 연락을 하지 않았기에 오늘 연락을 하여 시간을 잡으려고 하고 있었다.

역시나 모스크바에 있는 바트얀의 저택도 상당한 규모였기에 상수는 러시아의 마피아는 조직이 아니라 하나의 기업체라는 생각이 들었다.

하기는 일본의 야쿠자들도 그렇게 기업화되어 이제는 엄청난 자금을 움직이고 있었지만 말이다.

"자, 들어갑시다. 오늘 내가 우리 가족을 소개를 해주겠소."

바트얀은 자신의 가족을 상수에게 소개를 할 정도로 상

수에게는 최대한 정성을 다하고 있었다.

마피아의 간부가 자신의 가족을 소개한다는 것은 그만큼 믿는다는 말이었기 때문이다.

바트얀의 가족들은 아내와 딸이 두 명, 그리고 아들이 한 명이었다.

"어서 오세요. 이야기를 많이 들었습니다. 이렇게 은인을 만나게 되어 반갑습니다."

중년의 여성이 아주 반가운 얼굴을 하며 인사를 하자 바트얀은 바로 소개를 해주었다.

"하하하, 정 이사. 나의 아내인 티아나입니다."

"아, 반갑습니다. 정상수라고 합니다. 부인."

상수는 아주 정중하게 인사를 했다.

"여기는 우리 큰 딸인 아나샤고 저기는 둘째인 나타샤라고 합니다. 그리고 아들은 고라비라고 합니다."

바트얀이 소개를 하는 큰딸은 이제 스무 살이 된 아가씨였고 그다음은 17살, 아들이 15살이었다.

상수는 이들 가족과 인사를 하고는 바로 식사가 준비가 되어 있다고 하여 식당으로 가게 되었다.

식당에 도착을 하자 바트얀의 큰딸인 아나샤가 상수의 식사를 준비해 주었다.

아직은 어린 아가씨라 그런지 수줍음이 많은 얼굴을 하

고 있으니 귀엽기는 했다.

상수는 그런 가족들을 보며 바트얀이 마피아라는 사실이 믿어지지가 않을 정도였다.

"하하하, 정 이사. 많이 드시오. 오늘 손님이 오신다고 아내가 조금 신경을 써서 음식을 장만하였으니 말이오."

바트얀의 말대로 오늘 한국인 손님이 온다고 하여 티아나는 한국인이 먹을 수 있는 음식을 많이 준비를 했다.

"예, 정말 맛있게 먹고 있습니다. 이렇게 신경을 써주셔서 감사하게 생각합니다. 부인."

바트얀의 부인은 정말 러시아의 미인이라고 해도 될 정도로 아름다움을 간직하고 있는 여성이었다.

그래서 그런지 몰라도 딸들은 전부 미인이었다.

"입에 맞으신다고 하시니 고맙습니다. 부족하시면 말씀을 하세요. 양은 충분하니 말이에요."

"아닙니다. 지금 있는 것도 다 먹을 수 있을지 모르겠습니다. 부인."

상수는 정말로 많은 양을 보고 하는 소리였다.

러시아는 음식을 이렇게 접대를 하는지는 몰라도 상수가 보기에는 사람에 비해서 엄청난 양이었다.

그렇게 상수는 즐거운 분위기에서 식사를 할 수가 있었고 정말 오랜만에 맛있는 음식을 먹게 되었다.

식사를 마친 상수는 거실에서 바트얀과 차를 마시고 있었다.

이들은 이상하게 식사 후에 홍차를 즐겨 마셨는데 상수는 미국에 있으면서 홍차를 먹어서 그런지 그렇게 거부감은 없었다.

"정 이사, 내일은 우리 보스와 인사를 하기로 하였으니 그렇게 알고 계시오."

"알겠습니다. 그렇게 알고 준비를 하겠습니다."

"하하하, 그렇게 긴장을 할 필요는 없소. 가서 기본적인 예의만 지키면 되는 자리이니 편하게 생각하시오."

"알겠습니다. 그렇게 하지요."

상수는 총보스를 만난 다고해서 긴장을 하거나 하지는 않았다.

다만 너무 긴장을 하지 않고 편한 것도 이상할 수 있어 조금은 긴장한 듯 흉내를 내고 있을 뿐이었다.

자신이 이들에게 받은 은혜가 있으니 그에 따른 예의를 보이기 위해 그런 행동을 하고 있었다.

"그런데 정 이사는 앞으로 어떻게 할 생각이시오?"

"예, 무슨 말씀이신지요?"

"내 이야기는 따로 사업을 하지 않을 생각인지를 묻는 거요. 정 이사가 만약 새로운 사업을 한다고 하면 나는 적극적으로 그대를 지원해 주겠소."

바트얀의 말이 아니더라도 상수는 속으로 갈등을 느끼고 있었다. 그러니 이번 계약에서도 중간에 이득을 가로챈 것이 아니겠는가.

물론 저 말을 듣고 당장 사업을 하는 것은 아니지만 그래도 기반을 가지고 시작하는 사업이라면 충분히 성공을 할 수가 있었기 때문이었다.

그래도 바로 하겠다고 말을 하기는 곤란한 상황이었기에 상수는 우선은 상대가 불쾌하게 생각하지 않는 선에서 대답을 하였다.

"말씀은 감사하지만 아직은 제가 회사를 정리하지 않았기에 당장은 곤란합니다. 나중에 제가 정말 하고 싶어서 사업을 시작하게 되면 그때는 도움을 청하도록 하겠습니다."

"그렇게 하시오. 나는 진심으로 정 이사가 잘되었으면 하는 마음이니 말이오."

바트얀으로서는 자신의 생명을 구해 주었기에 어떤 것이라도 상수에게 해주고픈 마음이었다.

게다가 러시아의 경우 벌어지는 공사가 하나같이 마피아가 개입이 되지 않은 것이 없었기 때문에 바트얀으로서는 충분히 상수에게 도움을 줄 수 있었다.

그리고 설사 자신의 세력권이 아니더라도 자신의 힘이라

면 어느 정도는 양보를 받을 수도 있었기 때문이다.

"바트얀 보스의 마음은 마음속으로 정말 감사하게 간직하겠습니다. 하지만 아직은 시기가 아니니 조만간에 좋은 소식이 있을 것이라고 생각합니다."

상수는 은연중에 자신이 사업을 할 것이라는 말을 하고 있었다.

아직 마음을 정한 것은 아니지만 상수도 자신의 사업을 하고 싶다는 생각이 들기는 하였다.

자신이 지금까지 벌어둔 자금이 적지는 않았고 이번에 카베인에서 받은 자금도 적지 않은 금액이었기에 충분히 사업을 하고도 남을 자금은 있었기 때문이다.

"호오, 그러면 기대를 하고 있겠소."

바트얀은 상수가 사업을 할 생각이 있다는 것에 얼굴이 밝아지고 있었다.

상수에게 어떻게 하던지 도움을 주고 싶어서였다.

마피아는 은혜를 입으면 그에 대한 최대한 백 배는 더 많은 이득을 얻게 해주고 있었다.

물론 바트얀이 보스 급이니 가능한 일이지만 말이다.

이튿날 상수는 바트얀과 동행한 채 레드 마피아의 총보스를 만나러 가게 되었다.

레드 마피아 총보스의 저택이라 그런지 입구부터 분위기가 달랐는데 경비를 서고 있는 자들이 총기를 가지고 있는 것이 눈에 보일 정도였다.

일반 권총도 아니고 이들이 가지고 있는 총기는 기관총이었는데 이거는 무슨 군인들도 아니고 엄청난 방비를 하고 있는 것으로 보였다.

바트얀과 검문을 통과해 안으로 들어가니 그 안에서도 또 다시 검문을 하였지만 상수는 가지고 있는 것이 없으니 문제가 될 것은 없었다.

"자, 이제 더 이상은 검문이 없을 것이니 들어갑시다."

"예."

상수는 바트얀을 따라 안으로 들어갔다.

총보스라는 인물은 나이가 오십 대는 되어 보이는 인물이었는데 그 얼굴을 보니 과거 정보부서에서 근무를 했었다는 소문이 사실인 듯했다.

상수를 살피는 눈빛이 강렬한 것이 절로 사람을 긴장하게 만들었다.

"총보스, 저의 생명을 구해준 은인입니다."

상수는 지금이 자신의 소개를 해야 한다는 것을 알았다.

"처음 뵙겠습니다. 정상수라고 합니다. 이렇게 뵙게 되어 영광입니다."

상수는 아주 정중한 모습으로 인사를 하였다.

하지만 그 모습에서 주눅이 들었거나 하는 것을 일절 보이지를 않고 예의를 지키면서 당당하게 인사를 하였다.

총보스는 그런 상수의 모습에 약간은 눈빛이 빛났지만 이내 사라지고 없었다.

"어서 오시게. 나이가 많이 어려 보이니 내가 이렇게 말을 내려도 이해를 해주게."

자신과는 근 이십 년이 넘을 정도의 차이를 보이는 인물이었기에 상수의 입장에서도 그리 불편하거나 불쾌하지는 않았기에 상수는 바로 대답을 하였다.

"그렇게 하십시오. 한국에서는 연장자가 아랫사람에게 말을 놓는 건 당연한 것입니다."

"아, 참 한국인이라고 했지. 내가 잠시 잊고 있었네. 우선 편하게 앉게."

총보스의 말에 상수는 그냥 편하게 자리에 앉았다.

그런 행동들이 총보스의 눈에는 아주 색다르게 보이기는 했지만 만류를 하지 않는 것을 보면 그렇게 나쁘게 생각지는 않는 모양이었다.

상수는 그렇게 러시아 마피아의 총보스를 만나게 되었다.

총보스는 상수를 만나 그렇게 긴 이야기를 하지는 않았

지만 상수의 행동을 보면서 입가에 미소를 짓고 있었다.

자신을 만나 저렇게 태연하게 행동을 하는 사람은 정말 오랜만에 보고 있어서였다.

"그래, 카베인의 이사로 있다고 들었는데 자신의 사업을 할 생각은 없는가?"

"아직 확정을 하지는 않았지만 누구라도 자기 사업을 하고는 싶지 않겠습니까. 다만 아직은 여력이 부족하니 기다리고 있는 것이지요."

"그런가? 내가 조금 도움을 주면 금방 시작을 할 수도 있을 것 같은데 어떤가?"

"말씀은 감사하지만 아직은 제 스스로 일가를 이루고 싶습니다. 남자라면 도움을 받기는 하겠지만 처음부터 도움을 받아 시작을 하면 과연 그 사업에 성공을 한다고 해도 자신이 얻는 것이 없지 않겠습니까. 저는 스스로가 얻는 성취감을 느껴보고 싶습니다."

상수는 약간 다르게 말을 하기는 했지만 결국은 시작은 자신이 하고 그 다음에 도움을 받겠다는 말이었다.

그런 상수의 대답에 총보스는 아주 기분 좋은 웃음을 터트렸다.

"하하하, 확실히 자네는 다른 이들과는 조금 다른 것 같아. 나의 도움을 거절하는 사람은 없었는데 말이야."

마피아의 총보스가 도움을 주겠다고 하면 그 도움을 거절할 인물은 거의 없었다.

그리고 지금 자신이 주겠다는 도움을 아주 호의적인 것이기 때문에 받기만 하면 되는 일이었기 때문이다.

즉, 일방적으로 도움을 주겠다는 것을 상수가 거절을 하였기 때문에 총보스는 그런 상수를 보며 아주 묘한 눈빛을 하며 상수를 보게 되었다.

이는 바트얀이 처음 상수를 만났을 때와 비슷한 현상을 총보스도 보이고 있는 중이었다.

이들은 비록 마피아의 세계에 발을 담고 살기는 하지만 이들도 사람이었고 남자였기에 상수와 같은 남자라면 호기심도 생기고 궁금하기도 해서 개인적인 친분을 가지고 싶어 했다.

그리고 더 나아가서 이런 도움도 그냥 호의적으로 주려고 하고 있었다.

"죄송합니다, 총보스. 저도 도움을 받고는 싶지만 아무런 준비도 없이 그냥 도움만 일방적으로 받는 것이 마음에 걸려서 말입니다. 어느 정도 준비를 하고 난 후에도 지금 마음이 변함이 없으시면 감히 감사하게 받겠습니다. 조금만 저에게 시간을 주십시오."

"하하하, 알겠네. 그렇게 하게 자네를 보고 있으니 이거 내가 젊어지는 기분이 든단 말이야."

상수는 총보스의 얼굴이 아주 밝아진 것을 보고는 입가에 미소를 지었다.

"저를 보아서 그런 것이 아니라 총보스께서 실질적으로 젊게 생각을 하시니 그런 겁니다. 어디 가시면 저랑 형제라고 해도 믿을 겁니다."

조금 아부가 들어간 말이었지만 실제로 총보스의 얼굴은 나이에 비해 훨씬 어려 보이는 것이 사실이었다.

상수야 이미 총보스의 나이를 진작부터 알고 있었지만 말이다.

"하하하, 이거 오늘 내가 회춘을 하는 기분이 드는데, 안 그런가? 바트얀."

바트얀 보스도 총보스가 아주 즐거워하는 모습을 보니 자신도 기분이 좋아졌는지 입가에 아주 훈훈한 미소를 짓고 있었다.

"그렇습니다. 총보스의 이런 모습을 보니 저도 그런 기분이 들고 있습니다."

"하하하, 오늘 아주 기분이 좋은 날이야. 이름이 정상수라고 했지?"

총보스는 상수를 보며 의미심장한 얼굴을 하며 묻기 시작했다.

"그렇습니다. 한국에서 태어난 정상수라고 합니다."

"그럼 이건 어떤가?"

"무슨 말씀이신지……."

"자네의 말처럼 밖에 나가면 형제로 보인다고 했으니 말만 그럴 게 아니라 오늘 이 자리에서 우리 둘이 의형제를 맺는 것은 어떤가?"

"……!"

"……!"

총보스의 얼굴에는 조금 장난기가 있는 표정을 지으며 말을 하고 있었다.

상수는 총보스가 지금 장난을 치고 있다는 사실을 알고 있었다.

하지만 한편으로 지금 이 상황이 자신의 인생에 있어서는 일생일대의 기회일지도 모른다는 생각이 문득 들기도 했다.

이번 기회를 잘만 이용하면 이거는 엄청난 행운이 자신에게 생길 수도 있다는 생각이 들어서였다.

너무 의외의 말이어서 잠시 생각하기는 했지만 대답은 빨랐다.

"저는 대환영입니다. 사실 총 보스님과 같은 영웅과 그런 관계를 가지는 것이 저에게는 소원 중에 하나였으니 말입니다."

상수의 대답에 총 보스와 바트얀의 얼굴에는 놀람이 서려 있었다.

자신과 같은 마피아를 부러워하는 사람은 많지만 영웅이라고 칭하는 이는 아무도 없었기 때문이었다.

그런데 상수는 그런 자신들을 영웅이라고 칭해주니 이들이 놀라지 않을 수가 없었다.

"하하하, 자네는 정말 기분 좋은 말만 골라서 해주는 것같아 기분이 좋아. 그래서 결정을 하였는데 오늘부로 나하고 의형제를 맺도록 하세. 자네처럼 그런 생각을 하고 있는 사람이라면 충분히 자격이 있으니 말이야."

총 보스의 말에 바트얀도 놀라고 있었다.

자신도 상수가 마음에 들기는 했지만 저런 생각은 하지 못했기 때문이었다.

상수는 러시아 마피아의 총 보스와 그렇게 인연을 가지게 되었다.

보스의 의형제라면 앞으로 러시아에서 어떤 사업을 해도 탄탄대로라고 할 수 있는 자리였다.

나이 차이는 나지만 상수는 대단한 인물과 의형제를 맺게 된 셈이다.

이제는 마피아와는 떨어질 수 없는 사이로 변하게 되었

다 봐도 무방했다.

　상수는 그렇게 러시아에서의 일을 처리하고 고국인 한국
으로 돌아가게 되었다.

제10장 금의환향

공항에서는 상수를 배웅나온 바트얀과 수하들이 상수에게 마지막 인사를 하고 있었다.

"한국으로 가면 가족들과 즐거운 시간을 보내도록 하게."

바트얀은 상수와 그냥 편하게 형, 동생처럼 서로를 대하게 되었다.

총 보스의 의동생이 되었기에 바트얀은 그냥 의형제는 아니지만 그래도 동생이라고 생각을 하고 상수를 대하게 되었기 때문이었다.

"고맙습니다. 나중에 제가 러시아에 오면 그때 즐거운 마음으로 한잔하지요. 형님."

"자네랑 술을 마시려면 이거 은근히 부담이 가는데 말이야."

바트얀은 상수가 술에 대해서는 엄청난 주량을 보았기에 그리 말을 하고 있었다.

조직의 간부들이 전부 덤벼도 상대가 되지 않았으니 얼마나 엄청난 주량인지를 바트얀도 짐작을 하지 못할 정도였다.

"하하하, 전에처럼 마시지는 말고 그냥 편하게 마시면 되지 않습니까."

"그렇다면 나도 동참을 할 수가 있지."

상수는 바트얀과 대화를 하다가 이제 시간이 되었기에 마지막 인사를 하였다.

"형님, 그럼 저는 이만 들어가 보겠습니다. 나중에 뵙겠습니다."

"그래, 어서 가보게. 그리고 언제든지 내 도움이 필요하면 바로 연락을 하게. 내가 할 수 있는 거라면 내가 팍팍 밀어줄 테니까."

"말씀만이라도 감사합니다. 형님."

"나는 절대 말만 앞서는 사람이 아니니 명심하게 언제든지 도움이 필요하면 연락을 하게."

"알겠습니다. 제가 도움이 필요하게 되면 바로 연락을 드리겠습니다."

상수는 그렇게 인사를 마치고 드디어 한국으로 가는 비행기에 몸을 실었다.

한국을 떠난 지 조금 시간이 지났다.

그러나 역시 한국 사람은 한국 땅의 냄새를 잊지 못한다는 말 때문인 것인지 공항에 내리니 우선 느낌부터가 달랐다.

고국의 포근함이라고 해야 할지 모르지만 왠지 따스함과 정겨움을 동시에 느끼게 되었다.

"역시 한국에 오니 벌써 느낌이 다르네. 어서 어머니에게 가야겠다."

상수는 우선은 한국 음식이 가장 먼저 먹고 싶은 심정이었다.

먹는 음식이 가장 문제였지만 미국에 있는 동안은 자신도 자제를 해왔었다.

하지만 지금은 한국이기 때문에 자신이 자제를 할 필요가 없는 상황이었다.

아무에게 연락도 하지 않고 온 것이라 누가 마중을 나오지 않았지만 상수는 기분이 좋았다.

고국에 돌아왔다는 것만으로도 말이다.

상수는 조용히 공항을 나와 가장 먼저 친구들에게 전화를 걸었다.

드드드드.

—여보세요?

"지성아, 나다. 바쁘냐?"

—누구? 상수냐?

"어, 나 지금 막 한국에 들어왔다. 오늘은 집에 가서 자고 내일 만나자고 연락을 한 거야."

지성은 상수가 갑자기 귀국을 했다고 하니 놀라고 있었다.

—너 짤렸냐? 왜 이렇게 빨리 온 거야?

지성은 상수가 힘들게 외국 회사에 입사를 하였다고 알고 있었기에 잘되었으면 하는 마음을 가지고 있었다.

그런데 상수가 벌써 귀국을 했다고 하자 놀라 물은 것이다.

"야, 내가 짤리는 인물이냐? 이번에는 출장을 가서 공을 세우는 바람에 휴가를 길게 얻어 온 거야."

상수는 자신의 능력을 친구들이 잘 알고 있기에 바로 변명을 하게 되었다.

아직은 친구들에게 자신의 능력을 알려주고 싶지는 않아서였다.

친구는 친구로 남아 있는 것이 가장 좋다는 것을 알기에 상수는 굳이 자신의 변화를 친구들에게는 알리지 않고 비밀로 한 것이었다.

─정말이냐? 진짜 안 짤리고 휴가 얻어서 온 거야?

지성은 상수의 말에 다시 한 번 질문을 하고 있었다.

먼저도 외국으로 나가 바로 짤렸기 때문에 의심이 들어서였다.

상수도 지은 죄가 있는지 지성의 물음에 바로 대답을 해주었다.

"그래, 이번에는 정말로 휴가를 얻은 거다. 믿어도 되니 걱정하지 말고 내일 친구들에게 연락을 해라. 내가 내일은 거하게 한잔 쏜다."

상수의 말에 지성은 안심이 되는지 안색이 정상으로 돌아왔다.

─알았다. 오늘은 어머니에게 가서 잘 해드려 너 없는 동안 고생이 심하셨으니 말이다.

"그래, 알았다. 내일 보자."

"그래 내일 만나서 이야기를 하자."

상수는 그렇게 통화를 마치고는 바로 집으로 향하게 되

었다.

상수는 택시를 타고 집으로 가면서 이제는 자신도 차를 가지고 싶다는 생각이 들었다.

자신에게는 그만한 여유가 있었기 때문이었다.

지금 주문을 넣어도 최소 십 일은 걸리지만 아직 남아 있는 시간이 많았기 때문에 주문을 하면 남은 기간 동안은 타고 다닐 수가 있다는 생각이 들었다.

내일은 차를 먼저 주문하고 친구들을 만나야겠다는 생각을 하게 되었다.

상수는 집에 도착을 하여 가지고 온 물건들을 들고 차비를 주고 내렸다.

제법 많은 짐을 가지고 왔다.

이는 모두 러시아에서 구입을 한 것으로 어머니와 가족들에게 줄 선물들이었다.

어머니는 지금 이모네에 있기 때문에 사실을 그리로 가야 했지만 우선은 몸을 먼저 씻고 싶어서 집으로 온 것이다.

"역시 내 집이 편하다는 말이 틀린 말은 아니었네. 집에 오니 이렇게 마음이 편한 것을 말이야."

상수는 집에 도착을 하자 가장 먼저 옷을 갈아입고는 바로 욕실로 들어갔다.

비행기를 타고 오는 동안 잠을 설친 것도 있지만 우선은 몸을 씻고 싶어서였다.

간단하게 샤워를 마친 상수는 자신의 방으로 가서 옷을 갈아입었다.

이모네로 가야 하기 때문에 아주 깔끔하게 정장을 차려 입은 상수였다.

"지금 바로 가는 것이 좋겠지? 가면 분명히 깜짝 놀라시겠네."

상수는 그렇게 중얼거리면 선물을 잔뜩 들고 집을 나섰다.

이모네는 그리 멀지 않아 걸어서 상수의 걸음으로는 한 십 분 정도의 거리였다.

상수는 이모네에 도착을 하자 벨을 눌렀다.

띠링띠링.

─누구세요?

"이모님, 저 상수입니다. 문 좀 열어주세요."

─어머, 상수니?

이모는 상수가 왔다는 소리에 놀라는 음성으로 바로 문을 열어주었다.

상수는 잔뜩 준비한 선물을 들고 안으로 들어가기 시작했다.

안으로 들어가니 급하게 나오고 있는 두 명이 여인이 있었는데 바로 어머니와 이모였다.

"아니, 상수야. 어떻게 된 일이야?"

어머니는 걱정스러운 표정을 지으며 물었다.

"이번에 중요한 계약을 성공하게 되어 휴가를 받았어요. 그래서 온 거구요."

"정말 휴가를 받은 거냐?"

어머니는 믿어지지 않는지 약간은 의심스러운 눈빛을 하며 상수를 보며 물었다.

"에이, 걱정하지 마세요. 회사에는 잘 다니고 있으니 말이에요. 우선 안으로 들어가요. 그리고 저 안 보여요? 이거 다 들고 있으니 무거워요."

상수의 말에 이모가 가장 먼저 대답을 했다.

"어머, 무겁겠다. 우선 들어가자. 언니 들어가서 이야기를 해요."

"그래, 들어가자."

어머니도 동생의 말에 고개를 끄덕였다.

상수는 어머니와 함께 안으로 들어가게 되었다.

거실에 들어가서 자리를 잡자 상수의 어머니는 상수만 보고 있었다.

상수는 이제 천천히 자신이 한국에 오게 된 상황을 조금은 각색을 하여 이야기를 하게 되었다.

"이번에 회사에서 카자흐스탄에 대규모 공사를 따기 위해 가게 되었어요. 거기서 제가 조금 도움을 주어서 이번 계약을 성공하였기 때문에 회사에서 특별히 휴가를 주어서 오게 된 거예요. 그러니 오해는 하지 마세요. 저는 잘하고 있으니 이제는 걱정하지 마세요."

혹시나 무슨 일이 있어 이렇게 온 게 아닐까 걱정스러운 눈빛으로 보던 어머니가 상수의 말에 얼굴을 풀었다.

"그리고 이거는 어머니하고 이모님 선물이에요."

이모는 상수가 주는 선물을 보고 입이 절로 찢어지고 있었다.

"어머, 무슨 내 선물까지 가지고 오고 그러니. 언니, 언니도 어서 선물 확인해 봐요. 상수가 사온 거잖아요."

이모는 어머니의 얼굴이 조금은 좋아지자 바로 그렇게 말을 하며 분위기를 돌렸다.

"응, 그러자."

어머니와 이모는 선물을 확인하고 있었다.

상수는 이모네는 이모부와 동생의 것도 함께 가지고 왔기에 선물은 넉넉했다.

상수는 귀국을 하고 하루는 어머니와 이모네서 아주 즐

거운 시간을 보내게 되었다.

이모네의 가족들도 상수가 주는 선물에 대단히 만족을 하였고 말이다.

물론 그날 저녁에 상수는 가족들의 질문에 답변을 하느라 고생을 하기는 했다.

일단은 상수가 하버드에 입학을 하게 된 것과 지금도 회사에 근무를 하면서 학업을 하고 있다는 사실에 깜짝 놀라면서도 기뻐해 주었다.

상수는 다음 날 일어나서 가볍게 아침을 먹고는 바로 나갔다.

오늘은 친구들과의 약속도 있지만 차를 먼저 보기 위해서였다.

그냥 한국에서는 중류층 사람들이 타고 다니는 차를 구매할 생각으로 나가고 있었다.

"그냥 편하게 타고 다닐 만한 차가 있으면 좋겠는데 말이야."

상수는 조금은 폼을 잡으면서 편하게 타고 다닐 차를 생각하고 매장들이 있는 곳으로 갔다.

상수는 한 매장에 도착을 하여 안으로 들어가니 영업사원이 친절하게 상수를 맞이해 주었다.

"어서 오십시오."

정중하게 인사를 하는 모습이 영업을 하는 모습이 마음에 들어 보였다.

"차 좀 보러 왔는데 어떤 차가 좋습니까?"

상수도 차에 대해서는 모르지 않지만 그래도 우선은 먼저 물어 보았다.

택시를 운전할 정도로 차에 대해서는 상수도 나름 해박한 지식을 가지고 있었기 때문이다.

"차는 사용 용도와 기호에 따라 다양하게 있는데 어떤 종을 원하십니까?"

영업 사원은 상수가 차를 사러 들어왔다는 것에 눈빛이 빛나기 시작했다.

일단 먼저 다가가 과연 어느 정도의 차량을 구입할지를 물었다.

"저는 중소형 정도를 생각하고 있는데 마음에 들면 사려고요."

"그러면 이 차는 어떠십니까?"

영업 사원은 상수에게 몇 가지 차량을 보여주며 설명을 하기 시작했다.

그러나 상수는 차량을 보자마자 바로 고개를 돌려 버렸다.

마음에 들지 않아서였다.

그렇게 매장에 진열이 되어 있는 차량을 모두 보았지만 그리 마음에 드는 차는 없었다.

"차량이 진열이 되지 않았지만 카탈로그는 있지 않나요?"

"예, 있습니다. 잠시만요. 손님."

영업사원은 빠르게 움직여 상수가 원하는 카탈로그를 가지고 왔다.

상수는 천천히 안에 있는 차량들을 보면서 한 페이지에서 멈추었다.

자신이 한국에서 딱 어울리는 차량이 눈에 보였기 때문이었다.

"이 차는 얼마 정도 합니까?"

"이거는 세단 중에서도 고급이라 기본이 오천 정도 생각을 하시면 됩니다."

"흠, 좋네요. 이 차로 하지요. 그런데 차량을 언제 받을 수 있는 건가요? 저는 급한데 말입니다."

영업사원은 상수의 대답에 멍해져 버렸는지 바로 대답을 하지 못하고 있었다.

상수는 그런 남자를 보고 아까와는 다르게 이상한 눈으로 보았다.

잠시 멍을 때린 남자는 자신이 실수를 하였다는 것을 깨

달았는지 이내 정신을 차리고는 사과를 하였다.

"죄송합니다. 제가 잠시 다른 생각을 하느라 바로 대답을 하지 못했습니다. 차량은 보통 평균적으로는 이 주 정도 시간이 걸리지만 급하다고 하시니 제가 바로 뺄 차량이 있는지 알아보겠습니다. 그런데 결제는 어떻게 하실 생각이십니까?"

"결제는 일시불로 할 거니 싸게 해주세요. 비싸면 다른 곳으로 갈 생각이니 말입니다. 그리고 차량은 늦어도 삼 일 안에는 가지고 와야 합니다. 제가 외국에서 근무를 하는데 이번에 휴가를 얻어 한국에 온 것이기 때문에 시간이 그리 많지가 않습니다."

상수의 말에 남자는 상수가 휴가 때 타고 다닐 생각으로 차량을 구입한다는 것을 알았다.

자신의 매장에는 지금 없지만 다른 매장에는 있을지도 모르기 때문에 빠르게 상수에게 인사를 했다.

"시간이 촉박하기는 하지만 제가 바로 알아보고 이야기를 드리겠습니다. 우선 차나 한 잔 하시면서 기다리시겠습니까?"

"그렇게 하세요. 저는 커피 좋습니다."

"잠시만 기다려 주십시오."

상수는 그렇게 차량을 구입하게 되었다.

나름 고급 차량이었지만 상수의 자금이라면 충분히 구입을 하고도 남을 금액이었다.

저렇게 자신감이 넘치는 얼굴을 하며 이야기를 할 수가 있었지만 말이다.

상수도 예전의 자신이었다면 이런 엄청난 차량을 살 생각도 하지 못했을 것이다.

하지만 지금은 저런 차 정도는 그냥 선물로 사줄 수도 있을 정도의 재력을 가지고 있었기에 편하게 행동을 할 수가 있었다.

영업사원도 상수가 하는 말과 행동을 보고 살 사람인지, 아니면 그냥 질문만 하는 사람인지를 판단하곤 한다.

그러나 상수를 보고는 자신이 보기에는 예상치 못할 정도로 대단한 손님이라는 판단이 들었기에 저렇게 황급하게 움직이고 있었다.

거기다가 전액 현금으로 결제를 해준다고 하니 이번에는 조금 많은 보너스를 받을 수 있다는 생각이 들어 마음이 급해지고 있었다.

"여기도 미국처럼 참 바쁘구나."

상수는 차량의 영업사원을 보며 많은 사람이 참 분주하게 살고 있다는 생각이 들었다.

자신만 그런 것이 아니라 모두가 하나의 구성원으로 움

직이고 있으니 사회가 돌아가는 것이라는 생각이 문득 들었다.

예전에는 이런 부분에 대해서는 생각도 하지 못했는데 지금은 조금 다른 시각으로 보고 있다는 사실을 상수는 모르고 있었다.

그만큼 상수가 점점 달라지고 있다는 이야기였는데 말이다.

"고객님, 마침 차량이 남아 있어 원하시는 날짜에 받으실 수가 있다고 합니다. 바로 계약하시겠습니까? 아니면 어떻게 하실지."

"그렇게 하지요. 계약서 가지고 오세요."

상수의 대답에 남자는 입가에 미소를 지으며 서류를 꺼냈다.

서류에 기재를 할 것은 모두 기재를 하고 상수는 영업사원을 보았다.

"이제 금액에 대해 이야기를 하지요 일시불로 계산을 할 생각인데 얼마나 드리면 됩니까?"

"제가 해드릴 수 있는 금액은 5프로까지입니다. 그 이상은 저의 능력으로는 어떻게 할 수가 없습니다."

남자는 상수를 보며 정말 미안한 얼굴을 하며 대답을 하였다.

상수는 돈에 연연하고 싶지 않았기에 그냥 바로 쿨하게 계산을 하기로 하였다

"좋습니다. 하지만 차량에 서비스는 최고로 해주세요. 무슨 말인지 아시지요?"

"걱정하지 않아도 만족하게 해드리겠습니다."

상수는 품에서 카드를 꺼내 남자에게 주었다.

카베인의 이사라면 해외를 다니기 때문에 모두 만들어 주는 카드다.

다만, 법인 카드가 아니라 개인 카드였다.

영업사원은 카드를 받자 상수를 보았다.

"어떻게 해드릴까요?"

"일시불로 해주세요."

"예, 고객님. 바로 처리를 해드리겠습니다."

영업사원의 시선에는 상수가 아주 멋진 남자로 보이기 시작했다.

상수는 자동차를 구입하고는 바로 나가고 있었다.

차는 삼 일 후에 여기 매장에서 받아가기로 하였기 때문이다.

상수의 전화번호를 알고 있으니 문제는 없었다.

"삼 일 후에 뵙겠습니다. 고객님."

"예, 그렇게 하세요. 그전이라도 차가 오면 연락을 주세

요. 나는 하루라도 빨리 만나고 싶으니 말입니다. 그럼 기다리고 있겠습니다."

"예, 최대한 당겨 보겠습니다."

제11장 한국에서의 생활

상수는 매장을 나와 바로 택시를 탔다.

친구인 지성을 만나기 위해 가는 길이었다.

상수가 가면서 전화를 걸었다.

드드드.

—어, 어제는 잘 보냈냐?

"그래, 어머니하고 이모네서 아주 잘 쉬었다. 나 지금 그리로 가는 길인데 시간 되지?"

—어, 그래 와라. 애들에게도 연락을 했고 모두 여기로 오기로 했다.

"지금 택시를 타고 가는 중이니 조금만 기다려라."

상수는 그렇게 말을 하고는 전화를 끊었다.

한국에서 보내는 시간이 비록 한 달밖에 되지 않지만 그동안 상수는 즐거운 시간을 보내고 싶었다.

그러면서 한편으로 자신의 사업에 대해서도 진지하게 생각을 해볼 생각이었다.

사업을 하려면 많은 준비가 필요했고 친구들도 그런 자신에게 도움을 줄 수 있을 것 같아서였다.

물론 사업을 하려면 준비를 해야 하겠지만 상수는 그런 준비에 대해서는 걱정이 없었다.

자금은 이미 충분히 준비가 되었기 때문이고 인맥들도 문제가 없었기에 걱정이 없었다.

상수는 그런 생각을 하는 동안 목적지에 도착을 하게 되었다.

"여기서 세워주세요. 아저씨."

"예, 알겠습니다."

상수는 택시비를 주고는 바로 내렸다.

지성이 있는 건물을 보며 상수는 입가에 미소를 지었다.

상수는 핸드폰을 꺼내 전화를 걸었다.

지성이 근무를 하는 곳은 작은 무역회사였는데 그 사장이 지성의 친척이었다.

상수는 자신이 하려는 일이 바로 무역이었기 때문에 친구인 지성은 반드시 자신의 편으로 만들어야 하는 인물이었다.

아직은 확실하게 사업을 하는 것으로 확정을 한 것은 아니었지만 만약에 자신이 사업을 한다면 친구인 지성과 같이 하고 싶은 상수였다.

─도착했냐?

"어, 지금 막 도착했다. 어디로 갈까?"

─그냥 거기 있어 내가 바로 내려갈게.

"그래, 어서 내려와라."

상수는 통화를 마치고는 조용히 주변을 둘러보았다.

아직 시간이 점심을 먹을 시간이 아닌데도 많은 사람이 매우 분주하게 움직이는 것을 보니 확실히 한국 사람들이 다른 나라 사람들과는 다르게 바쁘게 생활을 한다는 생각이 들었다.

"확실히 우리나라 사람들이 참 부지런해. 저렇게 열심히 살고 있는 것을 보면 말이야."

상수도 미국에서 있으면서 많은 사람을 보았지만 한국인처럼 열심히 움직이는 사람들은 없어 보였다.

그러고 있을 때 상수는 부르는 소리가 들렸다.

"상수야."

"오늘은 일찍 마치는 거냐?"

"오늘은 일이 있다고 말씀을 이미 드렸기 때문에 상관없다."

"그러면 이대로 밥이나 먹으러 가자. 애들 오려면 시간이 걸리니 말이다."

상수와 지성은 그렇게 이동을 하게 되었다.

친구들도 근처로 오기로 약속이 되어 있었기 때문에 문제가 없었다.

상수와 지성은 우선 가장 가까운 곳으로 가서 식사를 하기로 했다.

지성이 잘하는 곳을 안다고 하여 그곳으로 가게 되었다.

상수가 간 곳은 일반 식당이었는데 조기 매운탕을 아주 얼큰하게 해주는 집이었다.

"이 집이 허름해도 맛은 끝내 주게 하는 집이다."

"어, 그래. 들어가자. 오늘은 한국에 온 기념으로 한잔하자."

상수는 원래 낮술은 잘 안 하지만 오늘은 그냥 마시고 싶어 지성에게 그렇게 말을 하고 있었다.

지성도 상수가 낮술을 마시지 않는다는 것을 알기에 다른 말은 하지 않았다.

그렇게 둘은 대낮부터 술을 마시기 시작했고 지성은 나

름 술을 자제를 하였지만 상수는 아주 마음 놓고 술을 마시고 있었다.

물론 그렇게 마셔도 술이 아직 취하지를 않아 문제이기는 했지만 말이다.

"너는 미국에서 산삼을 먹고 다니냐? 어떻게 술이 더 강해졌냐?"

지성은 예전과는 다르게 상당히 주량이 강해진 상수를 보고는 조금 놀라는 얼굴을 하며 물었다.

"자식이 나도 외국물을 먹으니 그렇게 되었다. 거기는 양주밖에 없으니 강한 술만 마시다가 소주를 마시니 약해서 그런지 그렇게 취하지도 않네."

상수는 실질적으로 술을 마셔도 취기를 느끼지 못하는 몸이었기에 지성에게는 그냥 편하게 생각하게 말을 하였다.

지성도 양주만 먹다가 소주를 먹으니 그럴 수도 있다는 생각이 들어서인지 더 이상 거기에 대해서는 말을 하지 않았다.

"그건 그렇고 미국까지 출장을 갔는데 무슨 좋은 소식은 없냐?"

"나 사실 미국의 본사에 자리를 잡게 되었다. 카베인의 이사로 지금 특수부를 책임지고 있다."

"아니, 고졸의 학력으로 어떻게 이사가 된 거냐?"

"나 고졸아니다. 지금 하버드에 입학을 하여 공부를 하고 있는 중이야."

상수의 말에 지성은 깜짝 놀라고 말았다.

하버드라면 지성도 알고 있는 학교였고 그런 학교에 상수가 입학을 하였다는 것이 도저히 믿어지지가 않았기 때문이다.

"정말이야? 아니, 하버드는 어떻게 입학한 거냐?"

지성은 한국의 대학을 나왔지만 자신도 감히 하버드를 입학할 생각은 하지 못하고 있었는데 그런 하버드를 상수가 입학을 하였다고 하니 놀라지 않을 수가 없었다.

그러면서 한편으로는 상수가 잘되어 간다고 하니 기분이 좋기는 했다.

그동안 상수가 가장 힘들게 살았기 때문에 솔직히 친구지만 방법이 없었는데 이제는 친구들 중에 가장 잘나가는 친구가 바로 상수였기 때문에 지성은 정말 잘되었다고 생각이 들었다.

"우리 회사의 회장님이 하버드에 아시는 분이 있어서 입학을 하게 되었어, 회사에서 지원을 해주는 바람에 입학을 하게 된 것이나 마찬가지야. 그래도 이사인데 학벌로 문제가 되면 골치가 아프다고 회장님이 지원을 해준 거야. 나

그래도 우리 회사에서는 제법 능력 있는 사람으로 인정을 받고 있다."

상수의 말을 들으니 지성은 어떤 것으로 상수가 인정을 받고 있는지는 모르지만 신기하기는 했다.

상수와는 오랜 친구였기에 자신이 모르는 것이 없다고 판단하고 있었는데 그런 상수에게 자신도 모르는 재능이 있다는 것을 알게 되었기 때문이다.

"아무튼 하버드에 입학도 하고 거대 회사의 이사로 근무를 하고 있으니 정말 잘 되었다고 생각이 든다. 친구들과 항상 너에 대한 걱정을 했는데 이제는 너를 부러워해야 할 입장이니 말이야."

지성은 진심으로 상수의 출세를 잘 되었다고 해 주고 있었다.

상수는 그런 지성을 보며 자신이 친구하나는 정말 잘 두었다는 생각이 들었다.

"지성아 사실은 말이야 너하고 의논을 하고 싶은 것이 있어서 왔다."

"의논을 어떤 것인데 그러냐?"

지성은 상수가 의논을 하고 싶다는 것이 있다는 말에 의문스러운 눈빛을 하며 상수를 보았다.

"그게 말이야. 지금 근무를 하는 회사에서 있으면서 내가 여러 인맥을 어떻게 만들었는데 그 인맥들은 나에게 독립을 하라고 해서 말이야."

상수는 그러면서 자신의 입장에 대해 천천히 설명을 하기 시작했다.

친구이지만 함께 가려면 속이는 것이 있어서는 안 되기 때문에 상수는 그런 문제에 대해서는 속이지 않고 이야기를 해 주었다.

그리고 지금 근무를 하는 회사에 대해서도 솔직하게 이야기를 해주었다.

그리고 자신이 회사에서 한 일들에 대해서도 아주 자세히 이야기를 해주었다.

모든 계약을 자신이 주관어 되어 하게 되었고 이번 러시아의 마피아에 대한 이야기도 해주었다.

물론 마피아에 대해서는 조금 각색을 하기는 했지만 그 관계에 대해서는 그대로 이야기를 했다.

"이 정도인데 내가 독립을 하는 것에 대해 어떻게 생각을 하냐?"

한참을 상수의 이야기를 들은 지성은 잠시 깊은 생각을 하더니 천천히 입을 열었다.

"우선 회사에 입사한 지 얼마 되지 않았는데 그 정도도 많은 인맥을 만들은 것에 대해서는 정말 대단하다고 말밖에는 할 말이 없다. 계약을 하는 것이 너에게는 가장 능력을 발휘할 수가 있는 것 같으니 따로 독립을 해도 당분간은 크게 문제가 없을 것이라는 생각이 드네. 하지만 사업이라는 것이 우리가 생각하는 이상으로 곤란한 일이 많이 생기는 것이라 나도 어떻게 말을 해야 할지를 모르겠다. 개인적으로 반대를 하고 싶은 마음이다."

지성도 갑자기 독립을 하고 싶어 하는 상수의 마음을 이해를 하지 못하고 있었다.

카베인에 대해 지성도 나름 알고 있기 때문에 어느 정도의 규모인지를 알고 있었기 때문이다.

다국적 회사로 미국에 본사를 두고 있는 거대 회사였기에 그런 회사를 그만둔다는 것은 정말 미친 짓이라는 생각이 들어서였다.

그리고 사업을 하려면 많은 자금이 있어야 하는데 친구인 상수가 자신의 자금을 어느 정도는 가지고 있다고 하지만 아직 정확한 금액을 말하지 않은 것으로 보아 크게 많은 자금은 아니라는 생각이 들어서 반대를 하게 되었다.

"흠, 너는 내가 사업을 하는 것에 반대를 하는 이유가 무엇 때문이냐?"

"우선은 가장 중요한 자금 문제이고 그다음에 사업을 하려면 많은 사람을 모아야 하는데 과연 단시간에 그런 사람들을 모을 수가 있을지가 걱정이다. 그리고 가장 중요한 것이 어떤 것으로 하려고 하는지에 대한 구체적인 계획이 없는데 무슨 사업을 하겠냐? 그래서 나는 반대를 하는 거야."

지성의 말을 들으니 틀린 말이 아니기 때문에 상수는 고개를 끄덕이고 있었다.

자신이 사업을 하고 싶다는 생각이 앞서 먼저 말을 꺼내는 바람에 구체적인 방법에 대한 이야기를 하지 않았다는 것을 알았기 때문이다.

"하기는 틀린 말은 아니네. 아직 계획도 없이 사업을 하겠다고 했으니 그런 말을 하는 것도 무리는 아니니 말이다. 그리고 자금은 사업을 하는데 문제가 없을 정도의 자금은 준비가 되었으니 자금에 대해서는 걱정을 하지 않아도 된다. 아직 휴가 기간이 남았으니 조금 구체적으로 생각을 해보고 이야기를 다시 하자."

"사업은 너무 빠른 것이 아닐까? 나는 솔직히 미국으로 간 시간이 얼마 되지 않는데 벌써 사업을 한다는 것이 조금은 이르다는 생각이 든다. 다시 한 번 생각을 해보는 것이 어떠냐?"

친구인 지성은 상수가 사업을 하려는 것을 막고 싶었다.

"내가 이런 말을 하는 것은 당장 하겠다는 것이 아니고 앞으로 그럴 계획이 있으니 어떻게 하는 것이 좋을지를 묻는 거야. 내가 사업을 하게 되면 너도 같이했으면 해서 하는 말이다."

"나하고 같이하자고?"

"응, 만약에 사업을 하게 되면 너랑 같이하고 싶어서 하는 말이다. 해외는 내가 책임을 지고 너는 한국에서 일을 처리하면 되니 말이다."

상수가 하는 말을 듣고 있던 지성은 이해가 가지 않는 얼굴을 하고 상수를 보았다.

자신이 하는 일에 대해서 상수가 잘 알지도 못하면서 같이하자고 하니 그럴 수밖에 없었다.

"너는 내가 하고 있는 일이 무엇인지는 알고 하는 이야기냐?"

"지성아, 내가 하는 일은 그렇게 어려운 것이 없어 한국의 물건을 외국에 파는 것이고 너는 한국에서 물건을 구매만 하면 되는 일이니 말이다. 그리고 내가 하려고 하는 일은 바로 삼각무역이기 때문에 중간에 커미션만 챙기면 되니 그렇게 걱정을 하지 않아도 된다."

상수는 그러면서 자신이 하고 싶은 사업에 대해여 자세하게 설명을 하기 시작했다.

상수가 하려는 일에 대한 설명을 들은 지성은 조금 안심이 되는 얼굴을 하게 되었지만 아직은 확실하지는 않은 얼굴이었다.

사업에 대한 편견을 가지고 있는지는 모르지만 지성도 사업에 대해서는 그리 좋지 않은 생각을 가지고 있는 것 같았다.

상수는 지성을 이해시키기 위해 여러 가지의 말들을 해주었고 지성도 상수가 하는 이야기를 듣고는 조금 이해가 가는지 고개를 끄덕였다.

"거래라인만 확실하다면 크게 문제는 없을 것 같네. 그런데 외국에 나간 지가 얼마 되지 않는데 그게 가능한 거냐?"

지성은 솔직히 상수가 거짓말을 하지는 않고 있다는 것을 알지만 그래도 무언가 이상한 생각이 드는 모양이었다.

상수는 그런 지성을 보고 하기는 자신이라도 믿어지지 않는 이야기니 지성의 반응을 충분히 이해를 하고 있었다.

자신도 문신들의 도움이 없었다면 지금의 자리에 이러고 있을 수도 없을 것이라는 생각이 들었기 때문이었다.

"믿어라. 친구인 내가 너에게 언제 거짓말을 한 적이 있냐?"

상수의 강한 발언에 지성도 그 부분에 대해서는 인정을 하는지 바로 수긍을 했다.

사실 친구지만 상수는 어린 시절부터 자신들과 어울리면서 자신들에게 거짓말을 하지 않았고 언제나 진실로 대했기 때문에 아직도 자신들이 그런 상수를 좋아하고 있는 것이었다.

"그 말은 인정을 하지, 정상수가 친구들에게는 절대 거짓말을 하지 않는다는 것을 말이다."

"지성아, 나 이번 계약 성공하고 본사에서 받은 성공 수당이 얼마인지 아냐?"

상수의 질문에 지성은 의문스러운 눈을 하며 상수를 보았다.

"얼마나 받았는데 그런 말을 하는 거냐?"

"천만 달러를 수당을 받았다. 이게 적은 금액이냐?"

상수의 대답에 지성은 깜짝 놀라고 말았다.

천만 달러라면 엄청난 금액이었기 때문이다.

"아니 무슨 계약을 하는데 그 정도로 수당이 많은 거냐?"

"해외 공사를 수주하면 그 정도는 수당으로 지불이 되고 있어서 큰 계약일수록 금액이 더 커지고 나도 처음에는 잘 이해가 가지 않았는데 이제는 그런 쪽으로 내가 능력이 있다는 것을 알게 되어 회사에서 인정을 받아 이사로 진급을 한 거다."

상수는 그러면서 자신의 명함을 지성에게 주었다.

상수의 말대로 명함에는 카베인의 이사로 나와 있었고 지성은 지금 상구가 거짓말이 아닌 진실을 이야기하고 있다는 사실을 알게 되자 솔직히 속으로는 상당히 놀라고 있었다.

"상수야, 나 지금 얼떨떨한 기분이다. 네가 미국으로 간지 이제 반년이 조금 넘었는데 벌써 이사라는 직급을 가지고 있다고 하니 말이다. 내가 모르는 재능이 있다고 하니 기쁘기는 하지만 한편으로는 걱정이 되기도 하네."

지성은 진심으로 걱정이 되는 얼굴을 하며 상수를 보았다.

그만큼 지성이 상수에 대해서는 아는 것이 많았기 때문이기도 했다.

"하하하, 내 걱정은 하지 않아도 되니 걱정 말고 내가 한 이야기를 한번 잘 생각해봐. 아직 나도 확실하게 정한 것은 아니지만 지금이 아니면 기회가 없을지도 몰라 이런 이야기를 하는 거야."

상수는 러시아에 가서 만난 이들을 생각하니 절로 얼굴이 미소가 그려지고 있었다.

그들이라면 자신이 사업을 시작한다면 상당한 도움을 줄 수 있을 것이라는 생각이 들어서였다.

그리고 자신의 개인적인 능력만 가지고도 충분히 승산이 있다는 생각이 점점 강하게 들고 있는 상수였다.

예전이라면 이런 생각을 하지 않았겠지만 지금은 능력도

있고 충분한 자금도 가지고 있으니 생각이 달라지고 있었다.

비록 미국에서 얼마 되지 않는 시간이었지만 그 시간에 자신은 많은 것을 보았고 어떻게 해야 하는지를 충분히 공부를 하였기 때문에 이제는 그 지식도 다른 이들과 비교를 해도 떨어지지 않는다고 자부를 할 수 있었기 때문이다.

"그래, 나도 깊이 생각을 해볼게."

상수와 지성은 그렇게 사업에 대한 이야기를 하였고 아직 정해지지는 않았지만 상수는 점차적으로 사업을 하고 싶다는 마음이 더욱 강해지고 있는 중이었다.

남의 회사에서 도움을 주는 것보다는 자신이 직접 하는 것이 더 많은 이득을 남길 수가 있었기 때문이었고 이제는 스스로를 위해 움직이고 싶다는 생각이 강하게 들어서였다.

제12장 우선은 정리가 먼저다

상수는 그렇게 친구들과 만나 아주 즐거운 시간을 보내고 있었지만 미국의 카베인에서는 지금 아주 심각한 얼굴을 하며 인상을 쓰고 있는 인물이 있었다.

꽝!

"아니 그런 정보 정도도 받지 못했다는 것이 말이 된다고 생각하나?"

부회장은 자신이 성공한 계약 때문에 아주 환한 얼굴을 하고 회사로 복귀했다. 그런데 자신이 체결한 계약의 두 배가 넘는 큰 계약을 회장이 성공하자 지금 아주 심각하게 짜

증을 내고 있었다.

자신이 계약에 전력을 다하고 있을 때 잠시 회장의 주변을 확인하지 않았던 것이 지금의 상황을 초래한 것이다.

"죄송합니다. 저희도 그냥 출장을 가는 것으로 알고 있었는데 이런 계약을 하고 올지는 생각지 못했습니다. 그리고 제가 듣기로 카쟈흐스탄은 러시아의 마피아가 주로 계약을 관리하고 있기 때문에 성공을 하지 못할 것이라고 생각했었습니다."

"지금 그걸 말이라고 하는 건가! 지금 결과가 어떻게 나왔나! 사전에 그런 사실을 알았으면 그에 맞는 대응을 해야 할 게 아닌가!"

"죄송합니다, 부회장님."

"지금 내가 자네에 죄송하다는 말을 듣고 싶은 줄 아나! 당장 우리가 한 계약이 회장이 성공한 계약 때문에 그냥 묻히지 않았나? 대책을 세워야 할 게 아닌가! 대책을!"

"네, 알겠습니다. 최대한……."

"그리고. 이번 계약도 정 이사가 가서 한 것이라는 이야기가 있던데 그건 또 무슨 소리인가?"

"예, 이번 출장의 실질적인 책임자는 로버트 이사였는데 로버트 이사가 그곳에서 좋지 않은 일로 물러나게 되어 정 이사가 중간에 책임자가 되었다고 합니다."

그러면서 하나의 서류를 부회장에게 주었다.

부회장은 서류를 확인하며 그곳의 일이 어떻게 진행이 되었는지를 확인하게 되었다.

서류를 보면서 부회장은 상수의 능력을 인정하지 않을 수가 없게 되었다.

아무도 성공하지 못한 공사를 개인이 혼자 성공을 하였기 때문이다.

게다가 러시아 마피아와의 문제도 아주 깨끗하게 처리를 하였기 때문에 앞으로의 공사에서도 문제가 없어 보였다.

부회장이 보기에 정 이사야말로 가장 능력이 있는 인물 같았다.

"정 이사를 우리 쪽으로 데리고 올 수 있는 방법을 찾아 봐. 그 친구가 오고 나서부터는 회장의 무리들이 아주 기가 살아 있으니 말이야."

"최대한 방법을 찾아보겠습니다. 부회장님."

"이번 일도 정 이사가 처리를 하는 것을 보니 반드시 우리 사람으로 만들어야겠어. 우리에게 그런 인물이 있으면 아마도 회장의 눈치를 볼 필요가 없을 것이니 말이야."

부회장은 상수를 노리기 시작했다.

그만큼 이번 공사 계약은 성과가 컸기 때문이었다.

그리고 가장 중요한 것이 상수가 마피아의 거래선에 손

을 대고도 아무런 이상이 없다는 것에 부회장은 상수를 다르게 보고 있었다.

마피아와 연관이 있어 손해를 보지 않은 이들이 없었기 때문이다.

설사 공사를 계약하고 나도 마피아는 절대 상대를 그냥 두지 않기 때문에 나중에 공사를 시작하면 엄청난 난관이 기다리고 있었다. 그런데 러시아 마피아와 협상을 하였고 그로 인해 카베인이 상당한 이득을 가지게 되었다는 내용을 보고는 협상에 정말 탁월한 재능이 있다고 생각이 들었다. 반드시 자신의 사람으로 만들고 싶다는 생각이 강하게 드는 부회장이었다.

'능력이 있으면 내가 키워줄 수도 있으니 반드시 우리 사람으로 만들어야겠다. 저런 능력을 가지고 회장의 사람이 되면 앞으로는 더욱 힘들어질 수도 있으니 말이야.'

부회장은 그렇게 은밀히 상수를 섭외할 방법을 모색하여 일을 진행하기로 하였다.

*　　　　*　　　　*

상수는 오늘도 한국에서 무슨 좋은 아이템이 없을지 시장을 조사하고 있었다.

당장은 아니라고 해도 자신도 사업을 하려면 시장의 동향에 대해서는 알고 있어야 했기 때문이었다.

"흠, 대체적으로 이런 물건들은 수출을 하면 조금 이득이 있기는 하지만 무언가 부족하다는 생각이 드는데 말이야."

상수는 한동안 시장을 조사만 하고 다녔는데 아직도 자신의 마음에 드는 것을 찾지 못하고 있었다.

그렇다고 작은 보따리 장사를 하는 것도 아니기 때문에 무언가 메리트가 있는 것을 찾으려니 그게 쉽지가 않았다.

상수가 시장 조사를 하고 있을 때 한국 지사에는 미국에서 사람이 도착해 있었다.

"어서 오시오. 한국에서 이렇게 만나게 되니 새롭게 느껴집니다. 하하하."

"저도 그렇습니다. 정말 오랜만에 뵙네요. 리처드 지사장님."

"하하하, 미국 본사에서 보고 지금 보는 것이니 이제 이년이 조금 지났네요. 그동안 어떻게 지냈습니까?"

"저희야 항상 같지 않습니까. 저도 중간에서 아주 힘들어 죽을 맛입니다."

리처드를 만나고 있는 이는 부회장의 사람이었지만 개인적으로는 리처드를 상당히 좋아하는 인물이기도 했다.

처음에는 중간에 있던 인물이었지만 결국 부회장의 라인으로 들어가게 되었는데 이는 자신의 능력이 있어도 성장을 하지 못하기 때문에 어쩔 수없이 선택하게 된 일이었다.

카베인에 근무를 하는 이들은 대부분이 이렇게 두 파벌 중에 하나를 선택하게 되는데 유일하게 그 파벌과는 상관없이 성장을 하는 이가 바로 리처드였다.

하지만 리처드도 그의 능력에 비해 많은 성장을 하는 것도 아니었다.

다만 회사의 인물들이 보는 눈이 있어 결국 이렇게 지사로 보낸 것이고 말이다.

"부회장님이 보낸 거요? 정 이사 때문에?"

리처드의 질문에 남자는 약간 미안한 표정을 지었다.

사실 한국에 오게 된 것도 자신과 리처드 지사장과의 친분 때문이었다.

자신이 그냥 찾아가면 실례가 되기 때문에 리처드의 도움을 받기 위해 찾아온 것이기 때문이었다.

"사실은 지사님에게 도움을 받기 위해 제가 선택이 되었습니다. 아시겠지만 이번 계약 때문에 본사에서는 말이 많았습니다. 그런 힘든 계약을 정 이사님은 혼자 모든 것을 다 처리하였으니 회장님과 부회장님이 그런 인재를 그냥 두겠습니까. 부회장님이 저를 보낸 이유도 그 때문이니 말입니다."

리처드도 본사에서 전해준 소식을 듣고는 처음에 많이 놀랐지만 상수라면 그 정도는 충분히 할 수 있는 사람이라고 생각을 하며 상수의 성공을 기뻐한 인물 중에 한 사람이었다.

하지만 반가운 손님이 자신을 이용하기 위해 왔다는 말을 들으니 그리 좋은 기분은 아니었다.

하지만 그렇다고 눈앞에 있는 남자를 외면할 수는 없는 일이었기에 리처드는 남자를 보았다.

"내가 어떻게 해주었으면 좋겠소?"

"많은 것을 바라지는 않습니다. 그저 저에게 만남의 자리만 만들어주셨으면 해서 왔습니다. 나머지는 제가 어떻게든 해 보겠습니다."

"흠."

"거듭 말씀드리지만 이런 일로 찾아와 리처드 지사장님에게는 정말 죄송합니다."

남자는 리처드에게 진심으로 미안한 얼굴을 하며 사과를 하였다.

리처드는 눈앞의 남자를 보며 문득 과거의 기억들이 머릿속을 스쳐가고 있었다.

자신이 어려웠을 때 남자의 도움으로 인해 힘들었지만

이겨낼 수가 있었기 때문에 그런 남자의 도움을 거절할 수가 없는 입장이었다.

이는 부회장의 라인보다는 눈앞의 남자에게 개인적으로 은혜를 입었기 때문이었다.

아마도 그런 일이 있으니 부회장이 골라서 보낸 것이기도 하겠지만 말이다.

"그렇게 하지요. 하지만 제가 도움을 주는 것은 거기까지입니다. 더 이상은 저도 관여를 할 수가 있는 일이 아니니 말입니다."

하기는 본사의 이사와 지사장은 일단 급수가 달랐다.

그리고 지금은 상수가 리처드보다도 상급자였기에 리처드의 입장에서는 그런 상수를 그냥 불러 낼 수가 없는 입장이었다.

더군다나 지금은 개인적인 휴가를 보내는 시간이었기 때문이었다.

그런 사람에게 개인적으로 시간을 내서 자리를 마련해야 하는 일은 리처드도 부담이 가는 일이었다.

상대가 원하는 것을 알고 있었고 그런 일로 자신이 나서게 되어 상수와 좋은 사이가 멀어질 수도 있었기 때문이다.

"예, 저도 그 이상은 바라지 않습니다. 자리만 마련해 주시면 그다음은 제가 알아서 하겠습니다. 그리고 이런 부탁을 드리게 되어 정말 죄송합니다."

"아니 나도 신세를 지었으니 당연히 갚아야 하니 그런 말씀은 하지 마세요. 하지만 이번이 마지막입니다."

리처드는 단호하게 선을 그었다.

이들과 계속 이런 관계를 유지하고 살 수는 없었기 때문이었다.

"알겠습니다. 리처드 지사장님."

남자는 리처드의 단호한 대답에 조금은 씁쓸한 얼굴이 되었다.

이런 일로 만나고 싶지는 않았기 때문이다.

자신도 리처드를 개인적으로 참 좋아하고 있었기에 이런 일이 아닌 더 좋은 일로 만났으면 하였지만 일이라는 것이 자신의 뜻대로 되지는 않았기에 어쩔 수 없었다.

이번에는 가장 중요한 것이 바로 상수를 먼저 끌어들이는 일이었기 때문이다.

리처드는 남자가 나가고 나서 고민을 하는 얼굴을 하다가 결심을 했는지 핸드폰을 들었다.

드드드.

―아, 리처드 지사장님 아니십니까. 어쩐 일이십니까?

"하하하, 한국으로 휴가를 오셨으면 연락이라도 하시지

아무런 연락도 없습니까? 이거 섭섭합니다. 정 이사님."

상수는 리처드에게 연락을 하지 않은 것은 자신의 직위 때문에 리처드가 곤란하게 생각할 수도 있다는 생각에 연락을 하지 않았던 것인데 상대가 먼저 알고 연락을 하니 이제는 더 이상 뺄 수도 없게 되었다.

─에구, 저는 정말 죄송해서 연락을 드리지 않았는데 그렇게 말씀을 하시니 오늘 제가 그쪽으로 가겠습니다. 우리 저녁에 간단하게 술이나 한잔하지요.

상수는 리처드에게는 개인적으로 참 고마움을 느끼고 있었다.

지신이 지금의 자리에 있게 된 계기가 바로 리처드 때문이었다.

"저녁에 오시면 저도 준비를 하고요."

─예, 오늘 바로 가겠습니다. 지사장님.

"알겠습니다. 그렇게 알고 기다리겠습니다. 그리고 한 가지 부탁이 있어서 연락을 드렸습니다."

상수는 리처드가 갑자기 부탁이 있다는 말에 조금은 의외라는 표정을 지으며 물었다.

─부탁이요? 어떤 겁니까?

리처드는 개인적으로 부탁을 하는 사람이 아니라는 것을 상수도 알고 있기에 의문이 들었다.

"사실은 제가 미국에 있을 때 도움을 받은 이가 있는데 이번에 그 사람이 저를 찾아왔습니다. 그 사람이 정 이사님과 만나고 싶다고 하여 자리를 마련해 달라는 부탁을 받았습니다. 그래서 개인적으로 부탁을 드리려고 연락을 드린 겁니다."

리처드는 사실 그대로를 상수에게 전해주었다.

자신이 먼저 연락을 한 이유에 대해 아주 자세하게 말이다.

상수는 리처드가 하는'말을 들으며 아마도 부회장의 라인에서 자신을 찾고 있다는 것을 알 수가 있었다.

아마도 이번 계약 때문에 부회장이 한 계약도 크게 작용을 하지 못했기에 자신을 찾는 것으로 보였다.

그리고 개인적으로 리처드의 부탁은 상수의 입장에서는 거절을 할 수가 없는 일이었다.

부회장의 라인으로 가고 싶은 생각도 없지만 그렇다고 리처드가 부탁을 하는데 거절을 하기에는 곤란하게 되었기에 상수는 고민이 되었다.

─제가 그 사람을 만나기를 바라세요?

"예, 만나만 주시면 됩니다. 그 사람이 하는 말을 들어 보시고 거절을 하셔도 저하고는 무관한 일이니 말입니다. 그냥 무슨 말을 하는지만 들어주십시오."

리처드의 말을 들으니 대강 상황은 파악이 되었다.

―알겠습니다. 그러면 오늘은 그 사람을 만나기로 하지요. 저녁 7시까지 가겠습니다.

"아니 회사로 오시지 말고 바로 장소를 정하지요. 전에 식사를 하였던 곳에서 만나는 것이 좋을 것 같습니다."

―아, 그 가재를 맛있게 먹었던 곳을 말하시는 거지요?

"예, 기억하시네요. 그 집이 조용하고 운치가 있으니 이야기를 하기에는 좋은 곳입니다. 거기가 만나기로 하지요. 제가 예약을 해두겠습니다."

"알겠습니다. 그러면 그쪽으로 저녁 7시까지 가겠습니다."

상수는 리처드와 그렇게 약속을 하고는 전화를 끊었다.

핸드폰을 주머니에 넣고는 상수는 잠시 생각에 빠졌다.

지금 부회장과 회장의 라인이 있는 회사에 계속 근무를 해야 하는지를 말이다.

자신의 인맥이라면 이제 회사를 그만두어도 충분히 사업을 할 수가 있었기 때문이기도 하고 안 그래도 사업에 대해 심각하게 생각을 하고 있는 중이었는데 부회장이 그런 상수의 가슴에 불을 지르고 있었기 때문이다.

"흠, 그냥 회사를 그만두고 바로 사업을 시작해?"

상수는 갑자기 그런 생각이 들자 눈빛이 달라지기 시작

했다.

사실 사업이라는 것이 인맥만 잘 관리해도 많은 돈을 벌 수가 있었기 때문에 상수는 차라리 이번 기회에 회사를 그만두고 사업을 할 생각이 들었다.

상수는 그렇게 생각을 정리하지 못하고 있었고 시간이 되자 바로 약속 장소로 출발을 하게 되었다.

바다 가재를 주 요리로 하는 음식점이지만 일식집과 같은 분위기의 식당이라 그런지 입구부터가 아주 청결해 보였다.

"어서 오십시오."

"여기 리처드로 예약이 되었다고 들었는데요."

"잠시만요. 손님."

상수의 말에 예약을 확인하는 종업원은 확인이 되자 바로 상수를 안내해 주었다.

"손님, 이쪽으로 가시지요."

"예, 고맙습니다."

상수는 안내를 받아 안으로 들어갔다.

리처드가 예약을 한 곳은 방이었고 이야기를 하기에는 아주 적당한 장소로 보였다.

그 안에는 이미 리처드와 본사의 인물이 먼저 와서 기다리고 있었다.

제13장 부회장의 제의

"정 이사님, 어서 오세요. 늦었지만 축하드립니다."

리처드는 상수를 보자 정중하게 인사를 하였다.

나이는 리처드가 많았지만 그래도 회사에서는 자신보다 직급이 높으니 어느 정도는 예의를 차리고 인사를 한 것이다.

상수는 그런 리처드의 인사에 조금 불편한 얼굴이 되고 말았다.

자신이 리처드에게는 처음부터 반말을 듣지 않았다는 것은 알지만 지금은 또 달라 보였기 때문이다.

"리처드 지사장님, 우리는 그냥 편하게 이야기를 하지요. 그냥 회사의 사람이 아니라 처음에 만났을 때처럼요. 저는 그렇게 지내는 것이 편합니다. 너무 예의를 차리면 저도 불편하니 말입니다."

상수의 말에 리처드는 얼굴에 미소를 지었다.

"하하하, 정 이사님은 그렇게 생각하실지 모르지만 오늘은 다른 분이 있으니 기본적인 예의는 지켜야 하지 않겠습니까. 우선 소개를 해드리지요. 여기 있는 분은 본사에 근무를 하는 케리라고 합니다."

상수는 소개를 받은 이를 보았다.

"안녕하십니까. 정 상수 이사님, 이렇게 인사를 드리게 되어 죄송하게 생각합니다. 저는 본사에 근무하는 케리입니다. 업무지원실장을 맞고 있습니다."

"아, 반갑습니다. 정상수입니다."

상수는 우선 인사는 부드럽게 하고 있었다.

간단한 인사를 마치고 일행은 우선 식사를 먼저 주문하였다.

케리는 상수가 리처드와 할 이야기가 많은 것을 알기에 우선은 주도권을 리처드에게 주고 있는 것 같았다.

상수와 리처드는 그냥 일상적인 대화를 나누고 있었고 식사가 나오자 말을 멈추고 식사를 하기 시작했다.

맛난 음식을 먹고 나자 간단하게 와인을 한잔하게 되었고 리처드는 눈치를 보고 슬며시 자리를 피해주었다.

그러자 남자는 상수에게 지시를 받은 말을 전달하기 시작했다.

"짐작하시겠지만… 저는 이번에 부회장님의 말을 전하기 위해 오게 되었습니다."

"그래요. 그러면 우선 들어보고 대답을 하지요."

"저희는 이번 정 이사님의 놀라운 성공에 많은 기대를 하고 있습니다. 이는 회사의 입장에서도 상당한 일이니 말입니다. 그래서 부회장님께서는 정 이사님에게 부사장의 직위까지 생각하고 계십니다."

부사장이라면 넘버 쓰리라는 이야기였다.

카베인은 회장과 부회장이 있기 때문에 사장이 없었고 바로 부사장이 그 일을 처리하고 있었기 때문이다.

하지만 상수는 부사장이라는 직책에 대해서는 크게 놀라지도 않고 묵묵히 남자의 얼굴을 보고만 있었다.

그런 상수를 보고 있는 남자는 부사장이라는 타이틀로는 상수에게 아무런 영향을 줄 수가 없다고 판단을 하였다.

이미 본사에서 출발을 할 때 부사장이라는 직위를 준다고 해서 흔들릴 사람이 아니라는 말을 들었기 때문이었다.

아마 가만히 있어도 조금 시간이 걸릴 뿐이지 자동으로

그 정도의 위치를 스스로 만들 수가 있는 인물이라고 판단을 하고 있어서였다.

"그게 저에게 할 말 전부인가요?"

"아닙니다. 부회장님께서는 이런 말도 전하였습니다. 직급은 부사장이지만 앞으로도 더 좋은 일이 있을 것이라고 말입니다. 그리고 지금과는 다르게 계약에 성공하면 그에 대한 보너스는 앞으로 두 배로 지불이 될 것이라는 말도 있었습니다."

두 배의 금액을 주겠다는 말은 상당히 파격적인 대우이기는 했다.

"그렇게까지 파격적인 대우를 해주니 앞으로는 부회장님의 라인으로 들어오라는 말인가요?"

"그렇습니다. 지금 정 이사님은 아무 쪽도 선택을 하지 않은 분이기 때문에 선택을 하시기 편하게 이런 조건을 드리는 겁니다."

케리의 말도 일리는 있는 말이었지만 상수의 입장에서는 그리 탐탁지 않은 조건이었다.

사실상 자신이 한 계약으로 회사가 얻는 이득은 엄청난데 겨우 두 배의 조건이었기 때문이었다.

그 정도의 조건이라면 부회장과 더 이상 이야기를 하지 않아도 된다는 판단이 들었다.

회장인 피터슨은 부회장이 제시한 조건과는 비교도 되지 않은 말을 상수에게 이미 하였기 때문이었다.

자신들만 조건을 제시하지 않았다는 것을 모르기에 이들은 회장이 먼저 선 조건을 걸기 전에 상수를 자신들이 끌어들이기 위해 움직였지만 이미 상수는 회장에게 그가 제시할 조건에 대해 다 듣고 휴가를 온 것이다.

"지금 들은 조건으로는 가고 싶지가 않군요. 아직 저에 대해 제대로 파악을 하지 못한 것 같습니다. 제가 한국으로 휴가를 오기 전에 이미 회장님과 통화를 하였는데 지금 제시하는 조건보다도 더 많은 것을 주신다고 하셨습니다. 입장을 바꾸어서 생각해 보세요. 어떤 것을 선택할지를 말입니다."

상수의 대답에 케리는 황당한 표정이 되고 말았다.

자신은 이 정도의 조건이면 충분하다고 생각했는데 이미 회장이 먼저 조건을 제시하였다고 말을 들으니 바로 대답을 하지 못하고 있었다.

"정 이사님의 말씀을 들으니 이번 일은 제가 결정을 할 것들이 없는 것 같습니다. 이번 휴가를 마치고 부회장님과 시간을 만들어 주셨으면 하는데 가능하신가요?"

"그거야 당연한 일이지요. 저도 카베인의 사람인데 만나지 않을 이유가 없지 않습니까?"

상수의 대답에 케리는 속으로 안도의 숨을 쉬었다.

상수의 말대로 만약에 이미 회장이 조건을 제시하고 상수를 잡으려고 하였다면 자신들이 실수를 한 것이라는 생각이 들어서였다.

"오늘은 여기 있으면 오히려 불편하실 것 같으니 제가 자리를 피해 드리겠습니다. 리처드 지사장님과 좋은 시간 되시기를 바랍니다. 그리고 개인적으로 정 이사님이 존경스럽습니다. 저희 카베인의 근무를 하는 이들 치고 지금 정 이사님처럼 승승장구하는 사람은 아무도 없으니 말입니다."

케리는 이 말을 하기 위해 한국어를 상당히 공부를 하였을 정도였다.

상수는 케리가 그렇게 말을 해주니 속으로는 웃음이 나왔지만 겉으로는 아주 태연하게 대하고 있었다.

"한국어를 많이 공부하셨는가 봅니다. 사자성어도 아시고 말입니다. 아무튼 좋은 이야기를 들어서 기분이 나쁘지는 않군요."

상수는 그렇게 말을 하고는 케리와 헤어졌고 케리는 나가는 순간에 리처드 지사장에게 전화를 걸었다.

드드드.

—여보세요?

"리처드 지사장님 어디 계십니까? 여기는 이야기가 끝이 났습니다. 저는 이만 물러날 생각이니 이제 두 분이서 좋은 시간을 보내시기 바랍니다."

리처드는 케리의 말을 듣고는 이내 일이 잘 풀리지 않았다는 것을 알 수가 있었다.

─금방 도착을 하니 잠시 얼굴은 보고 가셨으면 합니다.

"아닙니다. 오늘은 제가 더 이상은 여기 있을 자리가 아닌 것 같으니 내일 연락을 드리겠습니다. 그러면 즐거운 시간이 되시기를 바랍니다."

그렇게 케리가 가고 리처드는 다시 상수와 만나게 되었다.

상수는 사실 사업을 하게 되어도 리처드와 같이 하고 싶은 생각을 가지고 있었다.

그만큼 리처드는 인맥도 든든하고 그 능력이 좋았기 때문이다.

아직은 자신의 계획이 확실하게 정립이 되지 않아 말을 하지 않고 있을 뿐이었지만 말이다.

"정 이사님, 이야기는 잘 끝났습니까?"

"잘하고 못하고가 어디에 있겠어요. 그냥 하는 이야기를 들어주었고 저들이 하는 말이 제가 생각하기로는 조금 부족하였기에 거절을 한 것뿐입니다."

상수는 리처드에게 있는 그대로를 전해주었다.

지금은 자신이 리처드에게 거짓말을 할 이유가 없었기 때문이었다.

리처드는 상수가 하는 말을 들으면서 내심 조금 놀라고 있었다.

자신도 저런 유혹을 받았지만 거절을 하는 바람에 지금 이런 꼴을 당하고 있다는 사실이 생각이 나서였다.

두 라인의 시선에서 벗어나는 바람에 이렇게 좌천이 되어 외직으로 돌고 있었기 때문이었다.

"그런데 그렇게 바로 거절을 하시면 곤란해지실 겁니다."

리처드는 자신도 같은 경험을 하였기에 하는 소리였다.

"상관없습니다. 회사가 거기만 있는 것도 아니고 저 보기보다는 능력이 있습니다. 지사장님, 하하하."

상수는 전과는 많은 부분이 달라져 있었다.

사람이 보지 않은 사이에 성장을 한다는 소리를 들었지만 상수는 엄청난 성장을 하였고 이제는 누구를 만나도 당당하게 대화를 할 수 있는 자신감이 넘쳤다.

리처드는 그런 상수를 보며 속으로는 은근히 부러움을 느꼈지만 입가에는 만족한 웃음이 걸렸다.

자신이 사람을 잘못 보지 않았다는 생각이 들어서였다.

"이사님의 그런 자신감이 부럽네요. 아무튼 말이 나왔으니 드리는 말인데 본사로 가시면 두 무리를 가장 조심하는 것이 좋을 겁니다. 저들의 파워게임에 휩쓸리면 누구라도 회사에 남아 있을 수가 없으니 말입니다."

하기는 가장 상층부에 있는 이들이 모두 한통속인데 누구를 믿고 이야기를 하겠는가 말이다.

카베인은 처음부터 지금의 상황인 양대 마차로 움직였고 아직은 회장의 카리스마 때문에 부회장이 밀리고 있지만 부회장은 상당한 자금을 가지고 있기 때문에 그렇게 밀리는 것도 아니고 어느 정도 균형을 잡고 있는 중이었다.

"저는 걱정하지 않으셔도 됩니다. 본사에 가도 항상 이런 모습으로 살거니 말입니다. 그리고 저는 솔직히 두 무리에 속하고 싶은 생각이 없습니다. 그렇게 할 것 같으면 차라리 독립을 하고 말지요."

상수의 발언에 리처드는 놀란 얼굴을 하며 상수를 보았다.

상수가 설마 독립을 생각하고 있는지는 몰랐기 때문이었다.

지금 회사에 들어간 지 얼마나 되었다고 벌써 독립을 생각하려는지를 생각하니 조금은 어이가 없었지만 지금까지 상수가 한 계약을 생각하면 나쁘지 않은 선택이 될 수도 있다는 판단이 들었다.

리처드는 상수의 말에 순간적으로 아주 냉정하게 생각을 하였고 상수의 입장에서 어떤 것이 유리할지를 생각해 보았다.

그리고 지금 회사로 가서 저들의 파워게임에 당하는 것보다는 차라리 독립을 하는 것도 그리 나쁘지 않겠다는 생각이 들었다.

'자신의 능력이 있는데 회사에 남아 힘들게 살 필요가 없으니 그냥 독립을 하는 것도 나쁘지 않을 것 같은데 그냥 독립을 이야기해 볼까?'

리처드는 그런 생각이 들어 말을 해주려고 하다가 우선은 더 이야기를 나누어 보고 결정하기로 하였다.

어차피 인생을 살면서 하는 것이 선택이었고 그 선택은 결국 본인이 하는 것이고 그 책임도 본인이 지게 되기 때문이었다.

살다 보면 순간순간 많은 일들이 생기고 그런 순간마다 선택을 해야 하는데 항상 자신이 한 선택에 만족을 하는 인간은 없었다.

리처드는 본인도 마찬가지였기에 지금은 우선 상수의 의견을 더 들어 보고 이야기를 하는 것이 현명하다는 생각을 가지고 있었기에 잠시 참고 있었다.

"이사님은 언제부터 독립을 생각하시게 된 겁니까?"

"……."

리처드의 단도직입적인 말에 잠깐 놀랐지만 상수는 솔직하게 대답했다.

"저는 이번 카자흐스탄의 일을 보면서 그런 생각을 하게 되었습니다. 이번에 러시아의 마피아들과 친분을 가질 기회가 있었는데 그때 말입니다."

상수는 그러면서 마피아와의 만남을 조금은 자세하지만 약간은 각색을 하여 리처드에게 알려주었다.

자신이 사업을 하게 되면 러시아 마피아와 하는 사업이 될 것이고 이들은 친구인 자신에게 적극적으로 도움을 주기로 하였다고 말이다.

그러니 사업을 바로 시작을 해도 자신은 크게 걱정을 하지 않는다는 말도 함께 하게 되었다.

어차피 리처드와 함께 가려면 이런 일들을 알게 되기 때문이었다.

"아니 마피아와 그런 사이가 되었으면 바로 사업을 시작을 해도 문제가 없겠습니다. 그리고 그들이 한 약속대로 카자흐스탄의 일들은 모두 이사님이 할 수 있으니 이는 엄청난 약속이기도 하고 말입니다."

리처드는 상수가 마피아의 친구가 되었다는 말에 지금

상당히 흥분을 하고 있었다.

마피아의 친구는 아무나 되지 않는데 그런 중요한 사람이 바로 상수라는 것을 알게 되자 놀랍고 신기한 눈빛을 하며 상수를 보게 되었다.

처음에는 자신이 등용을 하였지만 상수는 날로 발전을 하고 있었고 이제는 자신의 조언이 없어도 스스로 성장을 하고 있으니 놀라지 않을 수가 없었기 때문이었다.

자신이 상수를 키워주려고 하였지만 지금은 상수는 자신이 감당할 수준의 인물이 아니라는 것을 충분히 인식을 하고 있는 중이었다.

상수는 리처드와 만나 많은 이야기들을 나누었고 그 안에서 정말로 필요한 것들을 얻을 수가 있었다.

다만 한 가지 리처드에게 함께 하자는 이야기를 하지 못해 그게 아쉽기는 했다.

하지만 이도 나중에 정말로 시작을 하게 되면 그때 가서 이야기를 해도 늦지 않다고 생각을 하고 있어서 크게 걱정은 없었다.

그리고 리처드에게 들은 정보로 인해 상수는 이제 시장 조사를 하는 것을 포기했고 보다 크게 상황을 보는 시야를 가져야 한다는 사실을 알게 되었다.

무역이라는 것이 혼자 하는 것이 아니기 때문에 아무리 좋은 계약을 성사하여도 이를 책임질 수 없다면 무슨 소용이 있겠는가 말이다.

결국 그런 문제들을 처리할 인맥들이 필요하다는 말을 들었고 그런 인맥을 이용만 잘하면 이는 엄청난 이득을 얻게 될 것이라는 말을 들었기 때문이다.

자신도 계약에 성공을 하면 그만큼 상당한 금액을 받고 있었기 때문에 상수도 어느 정도는 이득에 서서히 눈을 뜨고 있는 중이었다.

사업을 해도 이득이 있어야지, 이득이 없는 것이 무슨 사업이겠는가 말이다.

"한국에 와 있는 동안 우리나라의 대기업들과 친분을 가지는 것도 나쁘지 않을 것 같은데 말이야."

상수는 지금 자신이 카베인의 이사라는 직함을 가지고 있으니 한국의 대기업과 좋은 관계를 만들 수가 있다는 생각을 하고 있었다.

그런 이들과 친분을 가져야 나중에 하는 일에도 도움을 받을 수가 있다는 생각이 들어서였다.

남자가 하려면 큰물에서 놀아야지 작은 물에서 놀게 되면 보는 시야도 한정이 되기 때문에 그만큼 생각이 폭이 작아진다는 말에 상수도 인정을 하게 되었다.

상수는 그렇게 생각하다가 문득 자신을 데리고 가려고 하였던 태성이 생각이 난 탓에 입가에 미소를 지을 수가 있었다.

제14장 목표는 사업으로 정하다

"그래, 태성도 국내의 대기업이니 그들과 연결을 하면 되겠다. 역시 사람은 알면 알수록 힘이 생긴다는 말이 맞는 것 같네."

상수는 그렇게 생각을 하고는 웃고 말았다.

태성의 인물들을 자신도 알고 있었기에 그들을 만나는 일은 그리 힘들지 않았기 때문이었다.

그리고 전과는 다르게 지금은 자신도 그들에 비해 신분이 꿀리는 것이 없었기 때문에 상수는 웃을 수가 있었고 말이다.

상수는 지체 없이 바로 태성의 이사인 이창섭에게 전화를 걸었다.

아직은 그 번호를 그대로 가지고 있었기 때문이다.

드드드.

—여보세요?

"안녕하십니까. 저 기억하실지 모르겠습니다. 정상수라고 합니다."

상수의 당당한 목소리를 들은 이창섭은 상수가 바로 기억이 났다.

자신들이 그렇게 데리고 오려고 하였는데 결국은 미국으로 간 인물이었기 때문이었다.

그리고 그 후로도 상수에 대한 정보를 간간이 듣고 있었기에 상수가 미국의 명문인 하버드에 입학을 한 사실도 창섭은 이미 알고 있었다.

태성의 지사가 미국에도 있었기 때문에 그런 정보는 힘들지 않게 얻을 수가 있었기 때문이다.

—아니, 이게 누구십니까? 카베인의 새로운 이사님이 어쩐 일로 전화를 다 주셨습니까?

창섭은 상수의 전화에 아주 반가운 목소리로 대답을 했다.

"하하하, 그렇게 반갑게 대해주시니 이거 기분이 좋습니다. 시간이 되시면 좀 뵈었으면 하는데 가능하시겠습니까?"

상수가 만나자고 하자 창섭은 내심 한참 계산을 하고 있는 중이었다.

자신이 전이라면 몰라도 지금 상수가 카베인에서 가지고 있는 위치를 생각하면 함부로 외면을 할 수도 없었기 때문이다.

그리고 상수가 카베인에서 엄청난 능력을 보여주고 있기 때문에 앞으로도 또 얼마나 더 많은 성장을 이뤄낼지에 대해서는 지금 상황에서의 창섭도 섣불리 장담을 하지 못할 정도였다.

한마디로 요즘은 상수가 승승장구하고 있다는 보고를 받았기에 무시를 할 수가 없었다.

내심 속으로 계산을 마친 창섭은 상수의 대답에 바로 답변을 하였다.

"하하하, 카베인의 이사님이 저를 찾으시는데 나가지 않을 방법이 없는 거 같군요. 그런데 지금은 한국에 계시는 겁니까?"

"예, 이번에 계약을 성공하였다고 회사에서 장기 휴가를 주어 지금 한국에 있습니다. 아무래도 아직은 미국보다 한국이 저에게 따스함을 주고 있으니 말입니다. 가족들도 여기에 있고 말입니다. 휴가를 즐기다가 문득 생각이 나서 연락을 드린 겁니다."

―하하하, 아주 잘하셨습니다. 그러면 오늘 저녁에 볼까요?

"저야 환영이지요. 이사님이 시간이 되신다면 말입니다. 만나면 할 말도 있으니 말입니다."

상수가 할 말이 있다는 소리를 하자 창섭은 눈빛이 달라지고 있었다.

카베인의 계약에 성공하여 휴가를 얻었다는 것은 그만큼 그 능력을 인정받고 있다는 이야기였다.

이번에는 아마도 제법 큰 계약이었다는 생각이 들었기에 그런 인물이 자신을 그냥 만나자고 하지는 않을 것이라는 계산에 나가려고 했었다.

그러나 갑자기 할 말이 있다는 말에 창섭은 기대를 하는 눈빛으로 변하고 있는 중이었다.

"하하하, 그러면 먼저 사우디 왕자님을 모셨던 거기는 어떠십니까? 그곳이라면 이야기를 나누기에 아주 좋은데 말입니다."

"아, 저도 거기 음식이 생각이 나는군요. 알겠습니다. 그러면 몇 시에 시간이 되십니까?"

"말이 나왔으니 저녁에 바로 보지요. 저는 7시에 시간이 되니 말입니다."

"알겠습니다. 그러면 저도 그 시간에 그곳으로 가겠습니다."

둘은 그렇게 약속을 정하고 전화를 마쳤다.

각자 다른 생각을 하고 있었지만 이는 기업을 하는 사람들이라면 누구나 다 그러했기에 크게 신경을 쓸 일도 아니었다.

창섭은 상수가 할 말이 어떤 것인지 은근히 기대가 되었는지 입가에 미소를 머금고 있었다.

저녁 시간이 되어 약속한 한정식 집에 상수가 도착을 하게 되었다.

상수도 차를 타고 왔는데 이번에 새로 구입을 한 차량이었다.

재벌들이 타고 다니는 차와는 급이 다르기는 했지만 어차피 한국에서는 이 정도만 타고 다녀도 된다는 생각에 현실적으로 편한 차를 산 것이었다.

입구를 통과하여 실내로 들어가니 방에는 이미 창섭이 와서 자신을 기다리고 있었다.

"어서 오세요. 이거 정말 오랜만에 뵙습니다. 정상수 이사님."

창섭은 상수의 직책을 정중하게 불러 주었다.

"하하하, 이사님이 그리 불러주시니 기분이 묘해지는 것이 아주 좋네요."

"자, 이리 앉으세요. 우선은 우리 식사를 하면서 대화를 나누기로 하지요."

창섭은 오늘 상수가 하는 말을 듣고 술자리를 해야 할지를 결정하기로 하고 이 자리에 나온 것이다.

어차피 상수와 친하게 지내 나쁠 것이 없었기 때문이기도 했고 말이다.

창섭은 그렇게 조금은 계산적으로 생각을 하고 나온 자리였다.

상수는 그런 창섭을 보며 자리에 앉았고 바로 식사가 나오자 둘은 그렇게 식사를 하기 시작했다.

식사를 하는 동안 아무런 말도 없이 묵묵히 식사만 하는 상수였다.

약간의 시간이 걸리기는 했지만 창섭도 편하게 식사를 하였다.

오늘 상수가 창섭을 만나자고 한 이유는 바로 러시아의 가스 문제 때문이었다.

상수는 러시아 마피아의 간부인 바트얀에게 가스에 대한 이야기를 들었다.

그 공사를 딸 수가 있다는 이야기를 들었는데, 아직 마피아에서는 누구와 함께 갈지 정하지 않았다는 말을 한 적이 있기에 그것을 염두에 두고 이번 자리를 만든 것이기도 했다.

상수는 내심 이번 공사를 자신이 따서 한국 기업들과 합작으로 공사를 하는 생각을 하고 있었다.

창섭을 만나기 전에 상수는 이미 러시아로 전화를 하여 바트얀에게 자신의 생각을 말했다.

바트얀은 상수가 하겠다면 전폭적인 지지를 하겠다는 말을 전해주었기에 상수는 이렇게 편하게 창섭을 만날 수가 있었다.

태성도 에너지 사업을 하고 있었기 때문에 러시아로 진출을 생각을 하고 있었다.

이들이 단독으로 러시아의 공사를 하기에는 아직은 여러 가지로 힘든 것이 사실이었기 때문이다.

"자, 이제 이야기보따리를 한번 풀어보시지요. 이거 기다리는 사람은 애가 타서 미치겠습니다."

창섭은 상수가 식사를 끝내고 후식으로 차를 마실 때까지도 입을 열지 않자 결국 먼저 손을 들고 말았다.

"하하하, 이 이사님이 그렇게 말을 하시니 제가 무슨 악당 같은 느낌이 드네요."

상수는 창섭과 대화를 하면서도 당당하게 말을 하고 있

어다.

그런 모습에 창섭은 그런 점이 정말 신기하게 느껴지고 있었다.

상수는 처음부터 저런 모습이었고 지금도 변하지 않았기 때문이었다.

대부분의 사람들은 상수처럼 신분이 상승이 되면 어딘가 달라지게 마련이었는데 상수는 그런 모습이 보이지가 않아서였다.

"정 이사님이 악당이라니 누가 믿겠습니까? 그리고 항상 그 모습을 유지하고 있는 것을 보니 언제나 부럽다는 생각이 드네요."

창섭은 상수의 모습이 신기하게 생각이 들어 하는 소리였다. 하지만 실질적으로 그렇게 생각하고 있는 부분도 있었다.

상수는 그런 창섭을 보며 기회만 있으면 날로 먹고 싶어 하는 모습을 보았다.

자신이 생각하는 인물로는 적격이라는 생각이 들었기 때문이다.

"제가 오늘 보자고 한 이유는 러시아의 가스 사업 때문입니다. 이번에 러시아에서 대단위 공사를 한다는 정보를 이미 들어서 아실 겁니다."

창섭도 러시아에서 이번에 상당히 큰 공사를 한다는 보고는 받았지만 태성이 단독으로 하기에는 조금 곤란한 상황이었기에 지금도 회사 내부에서는 이와 관련해 많은 토론을 하고 있는 중이었다.

그런데 갑자기 그런 공사에 대한 말을 상수가 하고 있으니 창섭의 눈빛이 빛나기 시작했다.

"아니 그런 정보는 어디서 아시게 된 겁니까? 이번 공사는 러시아에서도 비밀리에 진행한다고 하였는데 말입니다."

"저도 그런 정보를 얻는 곳이 있어서 알게 되었지요. 그리고 제가 개인적으로 러시아에 아는 분도 계시고 말입니다."

창섭은 상수가 하는 말에 개인적인 친분이라는 말에 조금은 놀라고 있었다.

자신이 조사를 하기로는 그런 친분을 가진 이가 없는 것으로 알고 있었다.

'이거 정보를 가지고 오려면 제대로 가지고 와야지, 이런 이야기는 없었는데 말이야.'

창섭은 속으로 그렇게 생각하고 있었지만 상수는 그런 창섭의 속마음을 모르고 있었다.

"아니, 러시아에도 친분이 있으시니 이거 점점 세계화의 인맥을 가지고 계십니다. 하하하."

창섭의 말에 상수는 빙그레 미소를 지어주었다.

"저도 그분이 하는 이야기를 들어 알게 된 것입니다. 그런데 그분이 조금 묘한 이야기를 하시는 바람에 이 이사님을 뵙자고 한 것입니다."

"이상한 이야기라니요?"

창섭은 상수의 말에 솔깃 하는 기분이 들어 얼굴이 변하고 있었다.

이미 창섭이 흥미를 느끼고 있다는 것을 파악한 상수는 이제 자신이 원하는 대로 창섭을 요리하면 된다고 판단이 들었다.

아무리 여우라고 해도 결국은 실적이 있어야 하기 때문에 이번에 걸린 러시아의 공사는 그런 창섭에게 절로 군침이 흐르는 먹이였다.

태성이 단독으로 공사를 하지 못하는 이유는 돈이 없어서가 아니다.

러시아의 사정 때문에 단독으로 공사를 하지 못하는 것이었다.

러시아라는 나라가 하도 험악한 곳이기 때문에 어떤 일이 벌어지게 되면 태성이 혼자 감당을 하기에는 벅차서였다.

"이번 공사는 단독이 아니면 입찰을 할 수가 없다는 이야기였습니다. 그리고 이번 입찰은 이미 마피아의 손길이 닿아 있어 아마도 다른 회사에서는 그 공사를 따기 힘들 것이라는 말이었습니다."

상수의 발언에 창섭은 순간적으로 눈빛이 실망하는 빛으로 변했다.

하지만 이어지는 상수의 말에 창섭은 다시 눈빛이 빛나기 시작했다.

"그래서 제가 다니고 있는 카베인이 입찰을 하면 어떨지를 물었지요. 그리고 제가 입찰을 하게 되면 도움을 줄 수가 있다는 말씀을 하셨습니다. 아마도 한국의 기업들은 이번 입찰을 해도 절대 승산이 없겠지만 제가 입찰을 하게 되면 아마도 가능성이 더욱 높다는 이야기입니다."

창섭은 상수가 하는 이야기를 들으면서 카베인이 이번 입찰에 뛰어들면 과연 태성에게 승산이 있는지를 먼저 생각해 보았다.

아무리 생각해도 카베인과 붙어서는 승산이 없어 보였다.

그리고 상수는 그런 카베인의 실질적인 입찰 담당자였기 때문에 지금 하는 말에 더더욱 신빙성과 신뢰감을 주고 있었다.

"그러면 정 이사님은 이번 입찰에 카베인이 성공하면 우리나라의 기업에 희망이 있다는 이야기인가요?"

"예, 저는 이번 공사에 입찰을 하여 우리 기업에 공사를 수주하였으면 하는 생각을 가지고 있습니다. 공사는 솔직하게 말해서 우리나라 사람들이 더 잘하는 것 같아서 말입니다."

엄청난 공사를 하는 일에 할 수만 있다면 이는 상당한 실적이 쌓이게 되기 때문에 창섭의 눈빛은 바짝 타오르고 있었다.

안 그래도 요즘 그 실적에 목이 말라 있는 창섭이었다.

지금 상수가 하는 말은 그런 창섭에게는 사막의 오아시스나 마찬가지였기 때문이다.

"정 이사님, 이번 입찰에 카베인이 확실하게 참여를 하는 건가요?"

"아직 확실하지는 않지만 그럴 가능성이 높습니다. 이번 입찰에는 제가 개입을 하게 될 것 같으니 말입니다."

상수는 카베인을 들먹였지만 이번 입찰에는 자신이 개인적으로 참여를 할 생각을 하고 있었다.

이는 상수도 이제는 사업을 하는 것으로 방향을 잡았기 때문에 하게 된 생각이기도 했고 말이다.

상수는 리처드와 이야기를 하면서 사업을 하기로 결심을

했다.

그로 인해 러시아의 바트얀에게 연락을 하여 러시아에서 하는 공사에 대한 입찰 자격을 물었는데, 바트얀은 그 질문에 대한 답변으로 자격에 대해서는 걱정을 하지 말라는 말을 전해주었다.

그리고 가장 중요한 문제가 바로 금전적인 문제였는데 이 역시 걱정을 하지 않아도 되었다.

이미 러시아의 공사는 마피아와 연관이 되어 있었기 때문에 자금에 관련된 문제를 충분히 해결해 두었다는 이야기였다.

하지만 그런 내부적인 사정을 모르는 창섭의 입장으로서는 상수의 말로 인해 카베인이 이번 입찰에 참여를 한다고 판단을 하게 만들고 있었다.

하기는 카베인은 아니라도 상수가 참여를 하는 것은 사실이었지만 말이다.

"정 이사님이 그럼 이번 계약에 참여를 하겠다는 것입니까?"

"예, 그럴 생각입니다."

상수의 대답에 창섭은 다른 말이 필요가 없었다.

카베인에서는 그만큼 상수의 능력을 믿고 있다는 생각이 들어서였다.

"그러면 러시아의 공사를 입찰해서 한국의 기업에게 주려고 하시는 겁니까?"

"이번 공사는 러시아 정부와 같이하겠지만 정부에서는 공사에 대한 전권을 상대에게 주겠다고 하였기 때문에 아무런 문제가 없습니다. 어차피 러시아에서는 이번 공사를 할 수가 없어서 입찰을 하는 것이니 공사를 하는 업체를 선정하는 것은 문제가 없는 것으로 알고 있습니다. 어디의 누구에게 준다고 해도 말입니다."

상수의 말을 듣고 있는 창섭은 지금 상수의 말이 틀리지 않다고 생각이 들었다.

공사를 주는 것이야 입찰을 딴 사람의 마음이었기 때문이다.

단지 공사를 어찌 진행 할지가 중요하지 그 업체가 문제는 아니었기 때문이었다.

그리고 가장 중요한 것은 지금 자신이 만약에 이번 공사를 진행하게 된다면 태성에서 자신의 위치가 급격히 달라질 수가 있었기 때문에 솔직히 욕심이 생기지 않을 수가 없었다.

창섭은 아직 회사에서 인정을 받지 못하고 있었는데 이는 창섭의 나이가 어린 것도 관계가 있지만 아직까지는 그 능력을 모두가 인정을 하지 못하고 있었기 때문에 지금까지 두각을 보이지 못하고 있었다.

그런 창서에게 상수가 하는 말은 엄청난 자극을 주고 있었다.

창섭의 눈빛이 서서히 탐욕으로 물든 눈빛으로 변하고 있는 중이었다.

창섭의 그런 변화는 상수에게 또 다른 욕심을 내게 만들고 있었다.

'이거 러시아의 공사를 이용해서 한국의 기업을 그냥 먹어버려?'

상수는 어차피 신생 기업을 만들기 때문에 이참에 확실하게 업체를 하나 자신이 가질 수 있을지도 모른다는 생각이 들었다.

그만큼 한국 기업들은 상수에게는 아주 먹음직한 먹잇감이었기 때문이다.

물론 진실로 고생을 하여 업체를 키운 사람들도 있지만 상수가 원하는 것은 욕심만 많은 그런 회사를 가지려고 하는 것이다.

"오늘 저를 보자고 하신 이유가 바로 그 공사 때문이겠군요. 정 이사님."

"예, 공사도 있지만 다른 계약에 대한 것도 태성과 이야기를 할 생각이 있어 보자고 한 겁니다."

카베인은 많은 공사를 계약하고 있었고 이들은 직접 하는 것도 있지만 삼각무역을 많이 하는 회사였기에 태성과 파트너가 된다면 태성의 입장에서는 하루아침에 엄청난 이득을 얻을 수가 있는 일이기도 했다.

사실 태성의 입장에서는 하고 싶다고 해서 카베인과 거래를 할 수 있는 입장도 아니었고 말이다.

한국에서는 대기업인지 모르지만 세계로 나가게 되면 그리 큰 기업이 아니었기 때문이다.

아직 태성은 해외에서의 인지도가 그리 크지 않았기에 창섭도 그 점에 대해서는 잘 알고 있었다.

"다른 이야기라는 것은 어떤 것인지요?"

창섭은 조심스럽게 상수를 보며 물었다.

태성의 입장에서는 아주 좋은 일이었고 그런 일을 자신이 직접 추진을 하게 되면 이는 자신에게도 엄청난 일이 되기 때문이었다.

"러시아의 공사도 중요하지만 사실 카자흐스탄의 공사도 남아 있어서 말입니다. 거기도 올해 안에 커다란 공사가 있어 업체를 선정해야 하는데 태성이 과연 그만한 여력이 되는지를 모르겠습니다."

상수는 슬쩍 태성에 대해 물었다.

사실 카베인의 이사만 아니었으면 이런 질문은 정말 상

대에게는 큰 실수를 하는 것이었지만 지금은 상황이 조금 달랐기에 충분히 할 수가 있었다.

창섭은 많은 공사가 있지만 너희가 그 정도의 여력이 되는지를 물으니 바로 답변을 할 수가 없었다.

이런 질문은 자신이 답변을 할 수 있는 문제가 아니었기 때문이다.

하지만 그렇다고 못하겠다는 말은 자존심이 상하니 하기 싫은 것이 창섭의 입장이었다.

'우리 태성이 아직은 해외로 나가려면 많은 부분이 부족한 것은 사실이지만 그렇다고 주는 공사를 하지 못할 정도는 아니라고 생각이 든다. 이번 질문은 사실 내가 하기에는 조금 힘든 내용이기는 하지만 나중에 욕을 먹는 한이 있어도 자신감 있게 대답을 하자. 어차피 계약을 한 것도 아니고 그냥 하는 질문이니 말이야.'

창섭은 속으로 그렇게 생각을 하고는 상수의 질문에 답변을 해주었다.

"우리 태성이 해외에서는 아직 인지도가 떨어지는 것은 사실지만 그렇다고 주는 공사를 하지 못할 정도는 아닙니다. 만약에 태성에 공사를 주신다면 무슨 일이 있어도 책임을 지고 완공을 하도록 하지요."

"그렇게까지 말씀을 하시니 생각을 해보겠습니다. 아직

우리가 계약을 한 것도 아니고 러시아의 입찰에서 제가 계약을 한 것도 아니니 말입니다."

상수는 창섭의 대답을 듣고는 살짝 한발 물러났다.

이런 이야기는 서로를 힘들게 하는 대화였기에 길게 하는 것은 서로에게 피곤할 뿐이었다.

상수가 발을 빼려고 하자 눈치가 빠른 창섭은 금방 알아채고 있었다.

그리고 창섭은 이런 절호의 기회를 놓치고 싶지가 않았기에 상수에게 더욱 친절하게 대하고 있었다.

상수는 창섭과 이야기를 하면서 재벌가의 자식들이 따로 모여 파티를 한다는 사실을 알게 되었고 자신도 그 모임에 한번 가보았으면 하는 의사를 비쳤다.

"정 이사님이 오신다면 저희가 더 환영이지요. 그러면 다음 주에 모임이 있는데 오실 수 있겠습니까?"

창섭은 이번 모임에 자신이 친구들에게 자랑을 하고 싶은 생각이 들어 하는 소리였다.

"그런 모임이라면 제가 가서 오히려 모양새가 좋지 않을 수도 있지 않겠습니까?"

"하하하, 그 나이에 카베인의 이사라는 직함을 가지고 계시는 분이 그런 말씀을 하시니 다른 사람들이 들었으면 저를 죽이려고 할 겁니다."

사실 상수는 아직 자신이 근무를 하는 회사가 얼마나 대단한지를 모르고 있었지만 카베인은 세계적으로 상당히 유명한 다국적 기업이었다.

피터슨 회장이 그렇게 만들기 위해 많은 노력을 한 것도 사실이었고 말이다.

카베인은 다국적 기업이기 때문에 여러 나라의 부호들이 투자를 하여 만든 기업이기도 해서 각 나라의 인물들이 그런 카베인이 성장하는 데 많은 도움을 주기도 하였다.

"그리 말씀을 해주시니 가지 않을 수가 없겠네요. 그러면 초대에 응하기로 하겠습니다."

"하하하, 잘 생각하신 겁니다. 저희 모임에 오시면 각 기업의 실질적인 업무를 보는 이들을 보실 수가 있을 겁니다. 이들과 친하게 되면 한국의 모든 기업을 알게 되기도 하니 말입니다."

창섭은 자랑을 하기 위해 하는 소리였지만 그 말에 상수는 눈빛이 빛나고 있었다.

상수가 원하는 것이 바로 그런 것이었기 때문이었다.

한국의 기업에 대한 평가는 생각보다는 약하게 되어 있지만, 그렇다고 한국인이 일까지 못하는 것은 전혀 아니었다.

아니, 오히려 세계에서도 한국인의 성실함에 대해서는

극찬을 할 정도였다.

　한국인은 일에 대해서는 아주 잘하는 사람이라는 소리를
듣고 있었다.

『덤비지마!』 6권에 계속…

이제부터 전자책은

이젠북

www.ezenbook.co.kr

◈ 새로운 세계가 열린다! ◈

한백림 『천잠비룡포』   천중화 『그레이트 원』
좌백 『천마군림』   송진용 『몽검마도』
현대백수 『간웅』   김석진 『더블』
김정률 『아나크레온』   백연 『생사결-영정호우』
임준후 『켈베로스』   예가음 『신병이기』
진산 『화분, 용의 나라』   남운 『개방학사』

이름만 들어도 황홀할 정도의 별들의 향연!

이들의 "유료연재"가 시작됩니다!

검색창에 **이젠북** 을 쳐보세요! ▼ 🔍

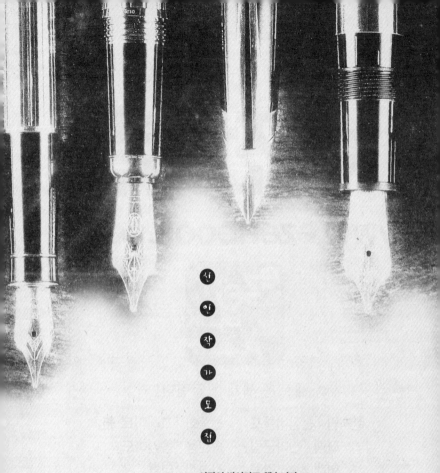

신

인

작

가

도

전

**시작이 반이라고 했습니다.
작가의 길에 대한 보이지 않는 벽을 과감히 깨뜨리십시오!
청어람은 작가 지망생 여러분들의
멋진 방향타가 되어드리겠습니다.**

저희 도서출판 청어람에서는
소설 신인 작가분들을 모집합니다.
판타지와 무협을 사랑하시는 분들의 많은 참여를 바랍니다.
소정의 원고(A4용지 150매)를 메일이나 우편으로 보내주시면
검토 후 출판 여부를 알려드리겠습니다.

주소:경기도 부천시 원미구 심곡2동 163-2 서경B/D 2F 우편번호 420-822
TEL:032-656-4452 · **FAX**:032-656-4453
http://**www.chungeoram.com**
e-mail:chungeoram@chungeoram.com

김현석 현대 판타지 소설
전능의 팔찌
THE OMNIPOTENT BRACELET
「신화창조」의 작가 김현석이 그려내는
새로운 판타지 세상이 현대에 도래한다!
삼류대학 수학과 출신, 김현수
낙하산을 타고 국내 굴지의 대기업 천지건설(주)에 입사하다!
상사의 등살에 못 견뎌 떠난 산행에서, 대마법사 멀린과의 인연이 이어지고.......
어떻게 잡은 직장인데 그만둘 수 있으랴!
전능의 팔찌가 현수를 승승장구의 길로 이끈다!
통쾌함과 즐거움을 버무린 색다른 재미!
지.구. 유.일.의 마법사 김현수의 성공신화 창조기!
Book Publishing CHUNGEORAM
유행이 아닌 자유추구~
WWW.chungeoram.com

요람 新무협 판타지 소설
FANTASTIC ORIENTAL HEROES

귀환병사

국내 최대 장르문학 사이트를 휩쓴 화제작!
여름의 더위를 깨뜨리려 차가운 북방에서 그가 온다.

『귀환병사』

열다섯 나이에 북방으로 끌려갔던 사내, 진무린
십오 년의 징집을 마치고 돌아오다.

하지만 그를 기다린 것은 고아가 된 두 여동생, 어머니의 편지였다.
그리고 주어진 기연, 삼룬공······

"잃어버린 행복을 내 손으로 되찾겠다!"

진무린의 손에 들린 창이 다시금 활개친다.
그의 삶은 뜨거운 투쟁이다!

Book Publishing CHUNGEORAM

유행이 아닌 자유추구 -
WWW.chungeoram.com

백미가 新무협 판타지 소설

FANTASTIC ORIENTAL HEROES

천선지가

불의의 사고로 죽은 청년 이강
그를 기다린 것은 무림이었다!

어느 날
그에게 찾아온 운명,
천선지서.

각인 능력과 이 시대엔 알지 못한 지식으로
전생에서 이루지 못한 의원의 꿈을 이루다!

『천선지가』

하늘에 닿은 그의 행보가 시작된다!

Book Publishing CHUNGEORAM

유행이 아닌 자유추구 -
WWW.chungeoram.com

FUSION FANTASTIC STORY
월문선 장편 소설

화려한 귀환

머나먼 이계의 끝에서
다시 돌아온 남자의 귀환기!

『화려한 귀환』

장점이라고는 없던 열등생으로 태어나,
학교에서 당하는 괴롭힘을 버티지 못하고
자살이라는 극단적인 선택을 하게 된 남자, 현성.

"돌아왔다……. 원래의 세계로!"

이계에서 죽음을 맞이하게 된 현성은
자신을 죽음으로 내몰았던 현실 세계로 돌아오게 된다!

고된 아픔들, 그리웠던 기억들.
모든 것을 되살리며 이제 다시 태어나리라!

좌절을 딛고 일어나 다시 돌아온
한 남자의 화려한 이야기!
이보다 더 '화려한 귀환'은 없다!

Book Publishing CHUNGEORAM

유행이 아닌 자유추구 -
WWW.chungeoram.com

FUSION FANTASTIC STORY
건(建) 장편 소설

컨트롤러

Controller

세상에게 당한 슬픔,
약자를 위해 정의가 되리라!

『컨트롤러』

부모님의 억울한 죽음.
더러운 세상에 희롱당해
무참히 희생당한 고통에 분노한다!

"독하게… 살아가리라!"

우연한 기회를 통해 받은 다른 차원의 힘.
억울함에 사무친 현성의 새로운 무기가 된다.

냉정한 이 세상을 한탄하며,
힘조차 없는 약자를 대변하고자
내가 새로운 정의로 나서겠다!

컨트롤러
Controller

Book Publishing CHUNGEORAM

유행이 아닌 자유추구 -
WWW.chungeoram.com

FANTASY FRONTIER SPIRIT

이휘 판타지 장편 소설

이안 판타지 장편 소설

IAN REY NOR

이안
레이너

끊어진 가문의 전성기.
무너진 영광을 다시 일으킨다!

『이안 레이너』

백인대장으로 발령받은 기사, 이안
부하의 배신으로 인해
낯선 땅에 침범하게 된다.

"살고 싶다… 반드시 산다!"

몬스터들이 우글거리는 척박한 환경에서
새로운 힘을 접하게 된다.

명맥이 끊겼던 가문의 영광!
다시 한 번 그 힘을 이어받아,
과거의 명예를 되찾으리라!

Book Publishing CHUNGEORAM

유행이 아닌 자유추구 -
WWW.chungeoram.com